Un jeu d'enfant !

Pascale
+
salah

Sabrina

l'apprentie sorcière

Un jeu d'enfant !

Nancy Krulik

Traduit de l'américain par Fabienne Berganz

POCKET
jeunesse

Titre original :
What a Doll !

Publié pour la première fois en 2003
par Simon Pulse, États-Unis.

Loi n° 49 956 du 16 juillet 1949 sur les publications destinées
à la jeunesse : mars 2006.

ISBN 2-266-15055-3

Tu as envie de lire des romans drôles,

pétillants, irrésistibles ?

Abracadabra !

La série

est faite pour toi !

Pour Danny
Tu es vraiment à croquer

1

Roméo et Juliette à Halloween

— C'est n'importe quoi ! s'écria Sabrina en jetant à travers la pièce un épais catalogue de vente par correspondance.

Roxie King, la colocataire de la jeune sorcière, se baissa juste à temps pour éviter de le recevoir en pleine figure.

— Calme-toi ! s'exclama-t-elle.

— Pardon, fit Sabrina, avec un sourire contrit. Je cherche un costume pour Halloween, mais on ne me propose que citrouilles, squelettes et sorcières !

Roxie ramassa le catalogue et le feuilleta.

— Ils sont pourtant géniaux, ces déguisements ! protesta-t-elle. Horrifiants à souhait !

— Oui, mais les sorcières ne sont pas comme ç...

Oups ! Sabrina avait failli vendre la mèche. Mais, impossible de révéler à son amie qu'en réalité les sorcières ne correspondaient pas aux modèles du catalogue.

En tant qu'apprentie sorcière diplômée, Sabrina était bien placée pour savoir à quoi ressemblaient ses semblables. Jamais la jeune fille n'avait croisé de sorcière vêtue d'une robe noire en loque, coiffée d'un chapeau pointu, et à cheval sur un balai. La plupart de celles que connaissait Sabrina préféraient la haute couture et filaient dans le ciel sur des aspirateurs dernier cri.

— Toi, tu ferais une adorable sorcière, insista Roxie.

— Merci, fit Sabrina. Tu sais, Halloween est la fête la plus importante de l'année, pour mes tantes et moi ! Ce qu'on préfère, c'est l'esprit de partage qui règne quand on distribue des bonbons.

— On parle d'Halloween, là, pas de Noël, répliqua Roxie.

Pour les Spellman et les sorcières de l'Autre Royaume, Halloween revêtait une importance aussi capitale que la période de Noël pour les mortels.

— Chez moi, quand j'étais petite, on n'avait pas assez d'argent pour acheter des bonbons, expliqua Roxie. Alors quand les enfants sonnaient à la porte en s'exclamant : « Un bonbon ou un gage ! », on choisissait toujours le gage. Résultat des courses : mes parents passaient le 1er novembre à nettoyer les œufs pourris éclatés contre la voiture et à décrocher le papier toilette des arbres. Un vrai plaisir !

Sabrina haussa les sourcils. Son amie ne cesserait jamais de l'étonner !

— Eh bien, cette fois-ci, ce sera différent ! s'enthousiasma l'apprentie sorcière. On avait une chance sur dix millions d'être invitées au grand bal d'Halloween de demain ! Et voilà ! On y va ! Tu sais ce que tu vas te mettre ?

À cet instant, Morgan Cavanaugh, la seconde colocataire, coordinatrice en chef des soirées de la maison, fit irruption dans la pièce. Elle portait une minuscule pochette rose et affichait un sourire d'une horripilante désinvolture.

Dans son sillage Harvey Kinkle zigza-guait, croulant sous un amoncellement de sacs et de cartons.

— Regardez qui j'ai rencontré au centre commercial ! minauda Morgan.

Sabrina leva les yeux au ciel. Harvey et Morgan étaient sortis ensemble au début de l'année, mais ils avaient rompu. Pourtant, la jeune fille continuait de traiter le garçon comme son esclave, ce qu'il acceptait d'ailleurs sans broncher.

— Qu'est-ce que c'est que ce bric-à-brac ? s'enquit Roxie.

— Des produits de première nécessité, lui assura Morgan.

Roxie sortit d'un des cartons un sèche-cheveux flambant neuf et foudroya sa coloc' du regard.

— Tu ne t'imagines tout de même pas que je vais me rendre au bal d'Halloween sans mon brushing ? s'offusqua Morgan.

Sabrina se mordit la lèvre pour s'empêcher d'éclater de rire. Cette fille ne se rendait pas compte du ridicule de ses propos.

— Alors, en quoi vas-tu te déguiser ? lui demanda-t-elle.

— Je voulais vous faire la surprise, mais puisque tu insistes...

Morgan extirpa deux costumes d'un sac : une splendide robe de bal dans l'esprit Renaissance italienne, et un collant bleu roi assorti d'une tunique or et azur, qu'elle tendit à Harvey.

— Nous allons incarner Roméo et Juliette, s'exclama-t-elle en fouillant dans un carton. Regarde, Harvey, je t'ai même acheté une épée. Génial, non ? (Elle changea de tactique en voyant la mine déconfite de son cavalier.) Nous avons rompu, mais cela ne veut pas dire que nous ne sommes plus amis ! Alleeez ! S'il te plaîîît ! le suppliat-elle d'une voix suave.

— Hors de question que j'aille au bal en collant de danseuse ! s'insurgea Harvey. J'ai prévu de m'habiller en Épouvantail du *Magicien d'Oz*.

La douceur feinte de Morgan fit soudain place à l'agressivité.

— Tu as intérêt à m'obéir au doigt et à l'œil ! Tu m'appartiens, désormais !

Sabrina-Zorro vola au secours du jeune homme. Harvey et elle étaient amis depuis le lycée.

— Ah bon ? Et de quel droit ?

— Parce qu'il a eu l'insigne honneur de sortir avec moi ! se glorifia Morgan. Il a bénéficié de ma popularité. Grâce à moi, il est passé du stade « juste mignon » à celui de « canon du campus ». (Elle se tourna vers le garçon.) Tu seras mon Roméo. Point final. Je t'ai forgé une réputation. Je peux tout aussi bien la ternir.

Muet de stupeur, Harvey prit le collant et se laissa tomber sur le canapé.

— Je préfère ça, susurra Morgan d'un ton doucereux. Le bleu de ce costume se mariera à merveille avec tes yeux. Nous serons somptueux en Roméo et Juliette.

Sur ces mots, elle quitta la pièce en emportant son nouveau sèche-cheveux.

Sabrina et son amie s'assirent à côté de Harvey.

— Comment peux-tu la laisser te traiter ainsi ? s'emporta Roxie.

— Je déteste me disputer avec Morgan, expliqua le jeune homme. Tu l'as déjà vue quand elle pique une crise ? Elle est effroyable.

— Au moins, toi, tu sais quel costume tu vas porter, enchaîna Sabrina. Moi, il ne me reste plus qu'un jour ! Tu as trouvé le tien, Roxie ?

— Je n'irai pas à cette soirée.

Sabrina n'en croyait pas ses oreilles.

— Le bal d'Halloween est la plus grande fête de l'année ! Tout le monde y sera ! insista l'apprentie sorcière.

— Tout le monde, sauf moi. J'en ai plein le dos d'aller à ces soirées sans cavalier et de rester vissée contre un mur en attendant qu'un type nul m'invite à danser.

Sidérée, Sabrina dévisagea sa colocataire. Sous une solide carapace, se dissimulait une jeune fille anxieuse et effrayée.

— Tu trouveras un cavalier, lui assura Sabrina. Tu connais des tas de garçons.

— Rien que des pauvres cloches, rétorqua Roxie.

— Harvey, tu devrais lever le camp avant que cette conversation ne tourne à la lutte entre les sexes, fit Sabrina.

Le jeune homme lança à son amie un regard reconnaissant.

— Vous savez quoi ? Je vais essayer mon collant. À plus, les filles !

— Rien ne pourra te faire changer d'avis, Roxie ? s'enquit Sabrina une fois que la porte d'entrée fut refermée.

— Si tu me trouves quelqu'un d'intéressant qui ne se transforme pas en pieuvre gluante au moment de me dire « bonsoir », je reconsidérerai la question, promit la jeune fille.

Mentalement, Sabrina passa en revue les garçons – très peu nombreux – correspondant à cette description. Mais elle n'avait rien d'une entremetteuse. Les Spellman manquaient souvent de discernement en ce qui concernait le choix de leurs petits amis. Certains rendez-vous arrangés par les tantes de Sabrina s'étaient révélés de véritables désastres. Des désastres *historiques* !

Tante Zelda, par exemple, avait présenté Cléopâtre à Marc-Antoine. Résultat : la reine du Nil et le beau soldat avaient pris l'expression « jusqu'à ce que la mort nous sépare » un peu trop au pied de la lettre.

Sans parler de la fois où tante Hilda avait joué les marieuses pour Anne Boleyn et Henri VIII. Cette pauvre Anne en avait perdu la tête. Au sens figuré *et* au sens propre.

Ce « talent » s'avérait malheureusement héréditaire.

Si l'apprentie sorcière ne voulait pas que Roxie fasse la une des journaux, il lui faudrait déployer des trésors d'imagination.

— Allez, viens ! s'exclama-t-elle en agrippant la main de son amie. Je t'emmène faire une promenade pédagogique !

2

Kurt et Betsy

Une heure plus tard, en plein centre commercial, Sabrina chantait :

« Ô, noire nuit ! Atroce nuit !
Tous les morts nous terrifient »...

— Je ne connaissais pas cet air, se moqua Roxie. Il est... pittoresque.

Sabrina piqua un fard. Pour faire diversion, elle s'empara d'un chapelet d'yeux injectés de sang.

— Oh ! Regarde ! Des guirlandes clignotantes !

Son amie haussa les épaules. L'apprentie sorcière déposa les globes oculaires dans son panier. Roxie l'avait accompagnée, sans grande conviction. Chaque fois qu'elles croisaient un couple se tenant la main, Roxie semblait sur le point de vomir. La pédagogie de la promenade ne produisait pas l'effet escompté.

La jeune fille jeta un œil las à sa montre tandis que Sabrina payait ses décorations. En plus de la guirlande lumineuse, l'apprentie sorcière avait choisi un squelette phosphorescent, un gobelin danseur, une araignée qui couinait : « Un bonbon ou un gage ! » quand on lui appuyait sur le ventre, six sacs de pop-corn caramélisé et une énorme citrouille en carton pourvue de longues jambes grêles.

— Tu as l'intention d'accrocher tous ces gadgets dans la maison ? demanda Roxie.

— C'est pour ça que je les achète.

— Ah bon. On peut y aller, maintenant ?

— Il reste beaucoup de magasins à voir, protesta Sabrina en passant devant d'autres boutiques noir et orange.

— Ce n'est pas mon truc, le centre commercial, grogna Roxie. C'est trop tape-à-l'œil. (Elle lut le prix d'une ceinture en macramé noir et écarquilla les yeux :) Trop cher !

Sabrina ouvrit la bouche pour répondre, lorsque quelque chose attira son attention dans la vitrine du magasin de jouets.

— Ça alors ! Regarde ! s'exclama-t-elle en désignant une collection de poupées mannequins vêtues de minuscules tailleurs.

Dans la vitrine, l'écriteau proclamait :

AVEC KURT ET BETSY, VIVEZ
LA PLUS GRANDE AVENTURE DE VOTRE VIE !

— J'avais une poupée Betsy, et je l'adorais ! déclara Sabrina avec un soupir plein de nostalgie. Pas toi ?

Son amie lui décocha un regard acéré.

— Tu plaisantes, j'espère ?

— Tu m'as pourtant avoué que tu possédais une Barbie « Alerte à Malibu ».

— Tu devrais le hurler dans un mégaphone ! siffla Roxie. Et « Barbie Malibu » était bien plus tendance que Betsy !

— J'avais des dizaines de poupées Betsy, se souvint Sabrina. « Betsy Palm Beach », « Betsy fait du ski »... sans oublier Kurt.

— L'équivalent de Ken en blond, ricana sa coloc'.

Sabrina chanta le jingle de la publicité :

« *Qu'il pleuve ou qu'il neige,*
Betsy, c'est le rêve,
Mêm' sur le podium,
Kurt reste fidèle,
Regardez-le ! Quel homme ! »

— J'aimerais que tu rencontres quelqu'un dans son genre, Roxie.

— En plastique ? Et la tête aussi vide qu'un soufflé au fromage ? s'exclama la jeune fille. Les garçons comme lui n'existent que dans les contes de fées. Et les rares princes charmants de cette terre se transforment tôt ou tard en crapauds. (Elle aperçut une cafétéria et en profita pour changer de sujet.) Tu n'as pas soif ?

Les yeux toujours rivés sur Kurt et Betsy, Sabrina réfléchissait. Une idée était en train de germer dans son esprit.

— Va réserver une table, je te rejoins dans une minute.

L'apprentie sorcière pénétra dans le magasin de jouets et n'eut aucun mal à trouver le rayon où s'alignaient les boîtes de poupées : elles étaient d'un mauve brillant, irrésistible et surtout inimitable. On connaissait le vert olive, le jaune citron et le bleu lavande. Les créateurs de la poupée avaient inventé le mauve Betsy !

Derrière leur vitrine de plastique luisaient des dizaines de poupées Betsy, de voitures Betsy, de maisons Betsy, de kayaks Betsy, de bateaux Betsy et des centaines de parures Betsy. À leur côté, les dizaines de Kurt possédaient une tenue pour chaque activité possible et imaginable.

Sabrina s'empara d'un coffret dans lequel un Kurt aux grands yeux bruns souriait, béat. Il ressemblait en tous points au jouet de son enfance – hormis le prix, exorbitant. La nouveauté, c'était que ce Kurt-là *parlait* ! En effet, la boîte annonçait :

KURT, LA POUPÉE PARLANTE.
APPUYEZ SUR LE BOUTON, ET KURT PRONONCERA DIX PHRASES DIFFÉRENTES !

Sensas ! Voilà exactement ce qu'il fallait à Sabrina. La jeune fille l'acheta sans même prendre la peine d'écouter ce qu'il savait dire.

Puis elle se précipita aux toilettes du centre commercial, à l'abri des regards, et déchira l'emballage. Des petits bouts de carton mauve volèrent autour d'elle tandis qu'elle se battait contre les attaches métalliques qui entravaient la poupée.

Une fois Kurt libéré de ses menottes miniatures, Sabrina scruta le jouet. Le mannequin était vêtu d'un bermuda orange et d'une chemise hawaïenne abricot et jaune. Il portait des mocassins marron et semblait prêt à les jeter dans le sable pour aller surfer. Le service marketing du fabricant en avait profité pour caser une pub, au dos de la boîte, en faveur d'une célèbre marque de surf.

Sabrina s'assura une nouvelle fois qu'elle était seule et assit la poupée par terre. Vite ! Roxie attendait. Pas le temps d'inventer un sonnet baudelairien. L'apprentie sorcière prononça un sort :

Mon amie Roxie cherche en vain l'âme
[sœur.
Un garçon aussi craquant qu'un BN de
[quatre heures,
Qui la flatte, la gâte, et puis qui la respecte.
Qu'elle n'écrasera pas comme un vulgaire
[insecte.
Dans son cabriolet, vêtu de son smoking,
Kurt voudra séduire la belle Roxie King !
Elle l'aimera sans poser de questions.
Que Kurt le mannequin devienne un vrai
[garçon !

Sabrina agita l'index en direction du jouet. *Pofff !* Un éclair, un nuage de fumée, et un grand jeune homme bronzé, au visage légèrement figé, apparut devant l'apprentie sorcière.

— Waouh ! Je ne me doutais pas que tu serais aussi mignon ! s'exclama-t-elle.

— Tu veux danser ? lui proposa Kurt.

— Pas maintenant, répondit Sabrina avec un sourire. Dépêchons-nous. Roxie nous attend à la cafétéria. J'ai hâte qu'elle fasse ta connaissance.

— Qui veut jouer au tennis ? demanda-t-il.

23

— Ici, dans les toilettes ?

— Betsy est ma préférée ! s'enthousiasma Kurt.

— Une fois que tu auras vu Roxie, tu oublieras Betsy, affirma Sabrina.

— Allons faire un tour à la plage !

L'apprentie sorcière secoua la tête.

— Nous devons rejoindre Roxie.

— Tu veux la moitié de mon soda ? demanda le faux garçon.

— Tu en boiras un à la cafétéria, soupira Sabrina. Où nous attend Roxie. Ro-xie.

— Qui veut jouer au tennis ?

Oookaaay. Pas de panique. Kurt-la-poupée-parlante prononçait ses dix phrases de manière aléatoire. Cela ne constituait pas un problème majeur, en soi. Betsy n'était pas non plus une oratrice hors pair. Mais l'absurdité des réponses de Kurt n'échapperait pas à Roxie. *Oups !* Encore une fois : *oups !*

Impossible de revenir en arrière. Alors, que faire ? Lancer un sort pour tenter de le rendre plus... *humain* ? Sabrina n'était pas sûre de savoir comment procéder. Tant pis. Elle improviserait. Comme toujours.

3

La voiture mauve

— Essaie de ne pas trop parler, chuchota Sabrina à Kurt en l'entraînant vers la cafétéria du centre commercial.

— J'adore le mauve ! lui assura-t-il.

« Génial ! songea la jeune fille, qui commençait à douter de la luminosité de son idée. Un mannequin mordu de tennis, qui carbure au soda et qui adore le mauve. Tout à fait ce qu'il faut à Roxie ! »

D'un autre côté, Sabrina n'avait pas le choix. Kurt incarnait la loyauté. Sa colocataire accepterait sûrement de se rendre au bal d'Halloween au bras d'un chevalier servant aussi mignon que lui.

De plus, ce n'était pas exactement comme si elle arrangeait un rendez-vous à Roxie. Si Kurt-la-poupée-parlante se montrait menaçant, l'apprentie sorcière pourrait toujours rendre au beau blond sa taille d'origine.

— Ce n'est pas trop tôt ! gronda Roxie, attablée à la cafétéria.

Puis elle avisa le garçon qui marchait avec raideur juste derrière Sabrina.

— Oh, je vois que tu n'as pas perdu ton temps...

— Tu ne connais pas la meilleure ? Mon ami s'appelle Kurt, lui aussi ! Quelle coïncidence !

Roxie lui décocha un sourire crispé.

— Tu as une minute ? demanda-t-elle à Sabrina en s'éloignant de la table. Excusenous, *Kurt*, grinça-t-elle à l'adresse du mannequin.

— Qu'est-ce que tu as ? fit Sabrina.

— Je croyais que tu étais censée me remonter le moral, siffla Roxie. Pas exhiber ton nouveau copain, M. Muscles Bronzés.

— Kurt n'est pas un garçon, voulut la rassurer Sabrina.

— Tu peux répéter ?

— Oups ! Je veux dire : ce n'est pas un garçon qui m'intéresse, rectifia l'apprentie sorcière. C'est un ami d'enfance. Je le connais depuis que je joue à la poupée.

Elle prit une profonde inspiration. Après tout, elle ne déformait la vérité qu'en partie...

— Je l'ai rencontré dans le magasin de jouets, et j'ai aussitôt pensé à toi, poursuivit-elle. Je me suis dit que vous vous entendriez à merveille.

— Il est mignon, pour un Schwarzy version *Surfin' USA*. Abstraction faite du bermuda. Tu crois qu'il a réalisé qu'on était au mois d'octobre ?

— Tu connais les hommes célibataires, éluda Sabrina. Leur linge sale s'entasse dans la panière. Il ne lui restait probablement que ce bermuda de propre. Viens, je vais te le présenter.

Roxie haussa les épaules.

— De toute façon, je n'ai rien d'autre à faire, se lamenta-t-elle en retournant vers la table. Désolée pour ce contretemps, Kurt, fit-elle.

Et elle s'assit face au jeune homme.

— Inutile de t'excuser, lâcha Sabrina. Il s'en fiche.

Roxie lui lança un regard sidéré.

— Il s'en *fiche* ? répéta-t-elle. Allons, Sabrina, il n'est pas en bois !

« Non, en plastique », pensa l'apprentie sorcière.

— Ravie de te rencontrer, Kurt. Je m'appelle Roxie.

La jeune fille tendit la main, mais le mannequin demeura figé, le visage impassible. Les poupées du monde de Betsy n'étaient pas conçues pour se serrer la main. Troublée, Roxie croisa les bras.

— Beau, mais pas très bavard, commenta-t-elle à mi-voix.

— Euh... Il sait dire des tas de choses ! s'exclama Sabrina. Au moins une dizaine !

— J'espère pour lui...

Au bout de plusieurs minutes de silence pesant, Roxie se leva.

— Il faut que je file. Ravie de t'avoir rencontré, Kurt.

— Super, ta coiffure ! s'écria ce dernier avec un sourire.

Roxie se rassit.

— Merci.

— J'adore le mauve ! ajouta-t-il.

La jeune fille portait un jean bleu et un chemisier rouge.

— Il est daltonien, lui murmura Sabrina.

— Super, ta coiffure ! répéta la poupée.

— Moi aussi, je trouve ta coiffure super, répondit Roxie en souriant. Tes cheveux sont si brillants !

« Normal, avec la double couche de vernis dont les fabricants lui enduisent la tête », songea Sabrina.

— Tu veux la moitié de mon soda ? demanda Kurt.

— La moitié, seulement ? (Roxie se pencha vers Sabrina et chuchota :) Il est assez pingre, ton copain.

— Il essaie d'être gentil, répliqua Sabrina sur le même ton.

Elle se tourna vers Kurt.

— Allez, c'est ma tournée ! Nous allons boire chacun un verre de soda *entier*. Tu viens m'aider à les porter, Kurt ?

Ils se dirigèrent alors vers le comptoir.

— Jusqu'ici, tout marche comme sur des roulettes, murmura Sabrina au faux jeune homme. Je crois que Roxie a craqué pour toi. Mais il faut que tu te taises. Tu as failli faire tout rater avec ta couleur préférée !

— J'adore le m...

— Le mauve ! On sait ! l'interrompit Sabrina. Maintenant, plus un mot, sinon je te zappe ta carte-son !

Kurt parut saisir le message et l'aida à porter les verres de soda. Tous trois dégustèrent leur boisson en silence, puis Roxie finit par demander :

— Alors, Kurt, tu es de la région ?

— Il est cent pour cent américain, répondit Sabrina.

— Je me doute bien qu'il n'est pas chinois, figure-toi, rétorqua Roxie. Je voulais savoir s'il était né à Boston.

— Euh... oui. Je te l'ai dit : c'est un ami d'enfance.

Roxie sourit à Kurt qui lui renvoya aussitôt son sourire.

— Que diriez-vous de poursuivre notre shopping ? proposa Sabrina.

Kurt ouvrit la bouche pour répondre, mais la referma vite quand il croisa le regard incendiaire de l'apprentie sorcière.

Roxie et son amie allèrent jeter les gobelets vides à la poubelle.

— Je le trouve un peu bizarre, ton copain. Il a l'air super-sympa, mais... il n'a quasiment pas décroché un mot.

— Kurt est du genre beau ténébreux taciturne. Il est adorable et très fidèle.

— Alors il y a quelque chose qui cloche. Personne n'est parfait à ce point-là.

— Allez ! l'encouragea Sabrina. Demande-lui de t'accompagner au bal d'Halloween ! C'est juste pour une soirée !

— Tu crois qu'il accepterait ?

— Qui ne tente rien n'a rien.

Roxie observa Kurt de loin. Assis seul à la table, il étudiait le vide avec un certain intérêt. Elle lui adressa un signe de la main. Les deux jeunes gens se sourirent.

— O.K., je me jette à l'eau, fit-elle en rejoignant la table. Dis-moi, Kurt... euh... tu es au courant pour le grand bal d'Halloween de demain soir ? Euh... tu as dû prévoir d'y aller avec quelqu'un, mais dans le cas contraire, je...

— Allons faire la fête ! s'exclama le beau blond avant même qu'elle ait achevé sa phrase.

— Tu veux dire que tu m'accompagneras ?

Roxie n'en croyait pas ses oreilles.

— Je passe te prendre en voiture, poursuivit Kurt.

— Tu as une voiture, en plus ? C'est d'enfer ! Comment est-elle ?

— J'adore le mauve ! affirma-t-il.

— Une voiture mauve ? s'étonna Roxie. Original...

— Je vais nous chercher une pizza ! proposa Kurt.

— Non, merci, répondit Roxie. Je n'ai pas faim.

— Allons faire la fête ! s'exclama de nouveau Kurt.

— Moi aussi, je brûle d'impatience ! s'enthousiasma la jeune fille. Je n'ai jamais rencontré quelqu'un d'aussi passionné que toi !

En voyant son amie se détendre, Sabrina éprouva un immense soulagement. Son plan fonctionnait ! Elle les rejoignit et fit l'innocente.

— Alors, quoi de neuf ?

— Kurt et moi allons ensemble au bal. Il m'y emmène en voiture. Sa voiture *mauve*.

Roxie poussa un soupir d'aise.

Sabrina lança à Kurt un regard foudroyant.

— Tu lui as dit que tu avais une voiture ?

— Kurt ne s'est pas vanté. Il n'a fait que mentionner sa voiture de manière anodine... Et si on continuait nos achats ? proposa-t-elle soudain d'un ton enjoué. J'aimerais bien trouver des bonbons à distribuer aux petits visiteurs de demain.

Cette fois, Sabrina avait gagné. Roxie était à fond dans l'esprit d'Halloween ! L'apprentie sorcière l'observa tandis qu'elle se dirigeait vers la confiserie d'un pas allègre.

Sabrina se tourna vers Kurt, l'air mauvais.

— Je te préviens : je vais te zapper une voiture, rien d'autre, siffla-t-elle. Si je te reprends à ouvrir le bec, je te badigeonne de dissolvant pour faire disparaître le vernis qui fait briller tes si beaux cheveux ! Compris ?

Kurt acquiesça.

— Qui veut jouer au tennis ? demanda-t-il.

4

Cat-attitude !

— Pourquoi, pourquoi, pourquoi moi ? se morfondait Harvey en regagnant la maison de Sabrina.

Pas un chat. Pourtant, la porte était ouverte. Harvey entra et s'assit sur le canapé. Il n'avait pas lâché le collant bleu roi de la journée.

— Je n'arrive pas à y croire ! gémit-il.

De la fenêtre de la cuisine, une voix masculine railla :

— Il faut s'attendre à tout, quand il s'agit de Morgan, crois-en mon expérience de la gent féminine.

Harvey tourna la tête. Le chat de Sabrina le dévisageait en plissant ses yeux jaunes.

— Salut, Salem, marmonna-t-il. Je ne t'avais pas remarqué.

— Ce n'est pas parce qu'on t'a obligé à te déguiser en ballerine qu'il faut te montrer désagréable, grogna le félin.

Durant ses années au lycée, à force d'être métamorphosé en diverses créatures et d'être confronté aux situations les plus extravagantes (et aussi parce que Sabrina avait utilisé tout son quota de sorts d'amnésie, autorisé par le Conseil des Sorciers), Harvey avait fini par découvrir la vérité : son amie et ses tantes étaient des sorcières, et Salem, un sorcier transformé en chat noir pour un siècle parce qu'il avait voulu gouverner le monde.

Salem avait conservé sa voix, sa cupidité et son ambition démesurée.

D'un bond, le chat descendit de son perchoir et se dirigea vers Harvey à pas de velours.

— Morgan veut que nous incarnions Roméo et Juliette au bal d'Halloween, geignit le jeune homme.

— Elle aurait pu choisir pire, commenta Salem. César et Cléopâtre... ou Adam et Ève.

— Je suis sérieux.

— Tu n'as qu'à lui dire que tu as changé d'avis, proposa le chat.

— C'est elle qui établit les règles, ici, répliqua Harvey.

Le matou inclina la tête sur le côté et retroussa les babines.

— Les lois sont faites pour être contournées.

— Si je ne lui obéis pas, je ne donne pas cher de ma peau.

Le chat se mit à se lécher les pattes avec circonspection.

— J'ai bien... *lap !*... une solution... *lap !*... à te proposer, moi... *lap !*

Harvey jaugea Salem, puis le collant, puis de nouveau Salem. Son cas était désespéré. Toute aide serait la bienvenue... même provenant d'un chat qui ne servait que ses propres intérêts.

— D'accord, capitula Harvey. Je t'écoute.

Le félin vint se frotter contre les jambes du garçon.

— Tu veux bien me gratter le dos ?... Oui... Là, juste entre les omoplates... Paaarfait !

— J'attends, s'impatienta Harvey.

— Tu dois être plus indépendant, conseilla le chat. Plus rusé. Plus... (Il jeta un œil par-dessus son épaule et considéra avec dégoût les cheveux emmêlés et le T-shirt maculé de café du jeune homme.) ... plus *classe*. Il faut que tu adoptes la Cat-attitude.

— La quoi ?

— Cat-attitude, répéta le félin. Sois comme moi et le Ciel t'aidera : telle est ma devise. Agis comme un chat, et Morgan viendra bientôt te manger dans la main.

— Ce n'est pas le but recherché, dit Harvey.

Salem roula des yeux agacés.

— Si tu suis mes instructions à la lettre, je ferai de toi un chat plein d'astuce en moins de deux. Je vais te concocter un programme en béton. Simple, facile et efficace. Il sera à toi pour une centaine de malheureux petits dollars... sans oublier les frais de déplacements et les indemnités d'entretien.

— Alors je n'ai plus qu'à me résigner à

porter ce collant, soupira tristement Harvey. Où veux-tu que je déniche cent dollars ?

Salem avait toujours réponse à tout.

— Nous pouvons peut-être parvenir à un accord, annonça-t-il, sournois.

Une lueur d'espoir brilla dans les yeux du jeune homme.

— Explique-toi ! supplia-t-il. Je ferais n'importe quoi pour éviter de porter ces trucs à une soirée !

— C'est bien ce que je pensais... chuchota Salem. Voici mon plan : j'aimerais que tu trouves le moyen de passer à la télé et que tu fasses de la pub pour la Cat-attitude. Ça aiderait des tas de gens ! J'ai aussi prévu de tourner une vidéo d'initiation qu'on lancera sur le marché. Et deviiiiine qui en sera la star ? Hein ? Hein ?

Harvey dévisagea le matou d'un air abasourdi.

— Moi ? risqua-t-il.

— Bingo ! s'exclama Salem. En effet, je doute que les gens prennent très au sérieux un animal qui parle.

— Mais pourquoi moi ? s'étonna Harvey. Je n'ai pas la Cat-attitude.

— Non, en l'occurrence, je dirais plutôt la Hamster-attitude, rétorqua Salem. Mais cela prouve que tout le monde peut changer ! Tu seras un formidable exemple : Harvey *avant* le cours (le félin mima une expression déconfite et se traîna sur le sol, avachi), et Harvey *après* le cours ! (Le chat se redressa fièrement et toisa le jeune homme avec superbe.)

Harvey cligna des yeux, impressionné.

— Alors ? demanda Salem. Marché conclu ?

Le garçon lui serra la patte avec chaleur.

— Tope là !

— Parfait, conclut le chat. Viens avec moi chez Hilda et Zelda. Tout est prêt. Nous allons filmer la pub, qui sera diffusée ce soir. Quelle merveille, la technologie moderne !

Salem sortit une griffe et dessina une longue estafilade sur le collant bleu roi.

— Oh non ! protesta Harvey. Il est fichu ! Morgan va me tuer !

Le félin soupira profondément.

« Eh bien ! Ce n'est pas gagné ! » se dit-il.

5

Une idée géniale !

Dès que Roxie se fut rendue à son dernier cours de l'après-midi, Sabrina entraîna Kurt sur le parking du campus afin de lui zapper une voiture mauve.

— Tu me compliques la tâche, lui reprocha-t-elle. Qu'est-ce qui rime avec mauve ? Fauve ? Chauve ? Sauve ? Bon, je vais procéder autrement...

Kurt a grand besoin d'une voiture,
Ni bleue, ni rouge, mais d'un mauve pur.

Elle agita l'index, et *pofff !* une voiture de sport mauve Betsy avec sièges en cuir, et pourvue d'un lecteur CD apparut sur le bitume. Satisfaite, Sabrina prit place côté passager.

Kurt s'installa derrière le volant, mais n'esquissa pas un geste.

— Démarre ! lui intima la jeune fille.

Le mannequin fixa le tableau de bord d'un regard vide.

— Oh ! Tu ne sais peut-être pas passer les vitesses ? demanda Sabrina. *No problemo.*

Elle dota le cabriolet d'une boîte automatique. Mais Kurt demeura immobile.

— Betsy est ma préférée, marmonna-t-il, désorienté. Tu veux danser ?

Il tentait de lui expliquer qu'il ne savait pas conduire. La génialissime idée de Sabrina allait-elle se transformer en fiasco ?

— Qui veut jouer au tennis ? demanda le faux garçon, penaud.

Il sentait bien qu'il décevait l'apprentie sorcière.

— Chuuut ! J'essaie de réfléchir !

— Je passe te prendre en voiture ! s'exclama-t-il.

— Mais oui ! C'est ça, la solution ! s'écria Sabrina.

Kurt ne pouvait se sentir à l'aise que dans une voiture créée pour lui ! Et non le cabriolet mauve conçu pour Betsy !

Qu'à cela ne tienne. Elle allait acheter la voiture de Kurt.

— On retourne au magasin de jouets, lui ordonna-t-elle.

— Allons faire un tour à la plage ! répondit-il.

— Tu es désespérant ! soupira la jeune fille.

Lorsque Sabrina se fut assurée que la rue devant chez elle était déserte, elle déballa la décapotable miniature en plastique mauve et la déposa sur le sol.

Pofff ! Dans un nuage de fumée, le jouet se métamorphosa en cabriolet grandeur nature.

Les yeux de Kurt étincelèrent. Le jeune homme fit courir sa main sur le capot de plastique. Sabrina le prit doucement par les épaules et lui adressa un sourire.

— Tu la conduiras plus tard, lui promit-elle. Rentrons.

— Je vais nous chercher une pizza ! répliqua-t-il.

— J'en commanderai une à l'intérieur. Pour le moment, nous allons voir Roxie. Tu te souviens de Roxie ?

— Super, ta coiffure ! répondit Kurt.

— Merci. J'ai essayé un nouvel après-shampooing... Mais qu'est-ce que je raconte, moi ? Garde ça pour Roxie, souffla Sabrina.

Quand l'apprentie sorcière ouvrit la porte d'entrée, elle fut assaillie par le heavy metal assourdissant qui provenait du premier étage.

— Attends-moi là, ordonna-t-elle à Kurt.

Elle grimpa les marches quatre à quatre, fit irruption dans la chambre qu'elle partageait avec Roxie et éteignit la chaîne hi-fi.

Son amie, qui lisait allongée sur son lit, leva les yeux et fronça les sourcils.

— Comment peux-tu étudier avec ce boucan ? s'indigna Sabrina. On l'entend jusqu'à Tombouctou !

— C'est une musique d'ambiance, répondit la jeune fille en resserrant sa queue-de-cheval.

Sabrina s'empara de la jaquette du CD, sur laquelle grimaçaient quatre hard-rockers vêtus de peaux de bêtes.

— Tu appelles Manowar de la « musique d'ambiance » ? s'étonna-t-elle. Enfin, je ne suis pas là pour critiquer tes goûts musicaux. Il y a quelqu'un qui t'attend en bas.

— Qui ?

— Kurt.

Roxie sauta du lit et se précipita devant son miroir. Elle défit sa queue-de-cheval et se brossa les cheveux avec frénésie.

— Qu'est-ce que tu fabriques ? demanda Sabrina.

D'habitude, sa colocataire se fichait de son apparence comme de sa première chemise.

— Kurt a dit qu'il trouvait ma coiffure super, tout à l'heure !

L'apprentie sorcière étouffa un rire, puis suivit son amie jusqu'au salon. Il valait mieux ne pas laisser Kurt et Roxie seuls... au cas où le jeune homme lui proposerait d'aller faire un tour à la plage en plein mois d'octobre.

— Super, ta coiffure ! déclara-t-il lorsque Roxie pénétra dans la pièce.

— Merci, répondit-elle en décochant un regard lourd de sens à son amie. Tu veux boire quelque chose ? Un soda ?

— Super, ta coiffure ! répéta Kurt.

Sabrina faillit avaler sa salive de travers. Cela faisait trois fois de suite qu'il lâchait cette phrase. « Glup ! Pourvu que son disque ne soit pas rayé ! » espéra-t-elle.

— Lui, au moins, il sait parler aux femmes, pas vrai, Rox ?

— Tu veux danser ? proposa Kurt.

Roxie lui lança un regard intrigué.

— Ah ! Ah ! Ah ! s'esclaffa Sabrina. Ce Kurt ! Toujours partant pour aller faire la fête !

— Allons faire la fête ! s'exclama le garçon.

— Oui, approuva Roxie. À propos de cette soirée, tu as une idée pour les déguisements, Kurt ? On n'est pas obligés de choisir des costumes de couples comme Roméo et Juliette, mais...

— Allons faire un tour à la plage !

46

« Oh, non ! se dit Sabrina. Pourquoi ai-je choisi un "Kurt surfeur" et pas un "Kurt fait du vélo" ? »

— Je suis un peu plus frileuse que toi, objecta Roxie. Je n'y tiens pas.

— Ce qu'il a voulu dire, c'est que vous pourriez vous déguiser en surfeurs pour le bal de demain... suggéra Sabrina à la hâte. Pas vrai, Kurt ?

Kurt ne répondit pas. Il couvait des yeux sa décapotable mauve par la fenêtre.

— Ça, c'est une idée ! s'enthousiasma Roxie. On pourrait s'habiller en short et maillot et apporter une planche de surf ! Et pourquoi ne pas se dessiner de faux tatouages de surfeur ? (Elle se tourna vers son amie.) Tu avais raison : je commence à adorer Halloween. Tu as trouvé ton costume ?

Sabrina venait de dépenser cinquante dollars pour une voiture en plastique mauve. Il ne lui restait plus un sou en poche.

— Je n'en ai pas eu le temps, répondit-elle.

— Tu n'as pas d'idée pour Sabrina, Kurt ? demanda Roxie.

— Betsy est ma préférée ! répondit-il.

Oups ! Le temps tournait à l'orage. Sabrina avait certifié à Roxie que ce garçon était la fidélité même. Et voilà qu'il clamait haut et fort sa préférence pour une autre fille !

Par bonheur, Roxie interpréta les propos du jeune homme à sa façon.

— Mais oui ! Sabrina, pourquoi tu ne te déguiserais pas en poupée Betsy ?

Sabrina secoua la tête. Elle n'avait pas besoin qu'une autre poupée entre en lice. Jouer la baby-sitter de Kurt suffisait amplement.

6

Harvey, roi de la pub !

— Sabrina ! Descends tout de suite ! Viiiiite ! hurla Roxie.

L'apprentie sorcière se réveilla en sursaut au beau milieu d'un rêve : un épisode de la série *Lost* version paradisiaque – elle échouait sur l'île, mais seule avec Brad Pitt. Roxie allait le payer cher !

Sabrina jeta un œil au réveil. Trois heures du matin !

— Tu as vu l'heure ? croassa-t-elle.

— Descends ! répéta Roxie en rejetant les couvertures de sa coloc'. Harvey passe à la télé dans un publireportage !

— Un quoi ?

— Tu sais, ces pubs à la noix ! Il vend

un produit appelé « Cat-attitude ». Kurt et moi étions en train de zapper quand nous sommes tombés sur Harvey.

Sabrina se leva et enfila sa robe de chambre.

— Qu'est-ce que vous fabriquiez devant la télé à trois heures du matin ? demanda-t-elle en cherchant ses pantoufles.

— Ce garçon est un vrai papillon de nuit, répondit Roxie. Je me demande s'il ferme l'œil, parfois.

— Il sait fermer les yeux, répliqua Sabrina d'une voix ensommeillée. C'est écrit sur sa boîte.

— Quoi ?

— Euh... Je dis qu'il a l'habitude de sortir en boîte. En boîte de nuit. C'est pour ça qu'il a du mal à dormir... Tu n'as pas vu mes pantoufles ?

— Laisse tomber tes pantoufles ! intima Roxie. Tu vas manquer la pub !

Sabrina pénétra d'un pas traînant dans le salon. La télé luisait dans l'obscurité.

— Vous regardiez la télé dans le noir ? taquina Sabrina.

— Oh, Kurt est un parfait gentleman, lui assura Roxie. Hélas !

— Il faudrait savoir ce que tu veux, lui reprocha son amie.

Elle s'assit sur le canapé, à côté de Kurt, face à la télévision.

Tiré à quatre épingles, Harvey lui souriait. Il portait un costard-cravate noir, avait lissé ses cheveux avec du gel « effet mouillé » et s'était dessiné une fine moustache qui évoquait le Chat Botté.

— Avec la Cat-attitude, votre vie sera moins rude ! affirmait-il. Regardez ce qu'elle a fait de moi : le Duc de la Cat-attitude !

Des vidéos amateurs de l'enfance de Harvey défilèrent. Sabrina sourit en le voyant se prendre les pieds dans ses lacets pour tenter d'attraper un ballon de foot, et se cogner la tête contre un casier ouvert. Puis elle entendit la voix de Morgan sommer le jeune homme de l'emmener dans un resto chic (la bande-son devait provenir du répondeur de Harvey). Enfin, la publicité le montrait en train de marcher dans la rue, vêtu d'une veste au dos brodé d'un gros cafard : le vêtement appartenait à l'entreprise de son père, spécialisée dans l'extermination des insectes en tous genres.

— Et maintenant, regardez-moi, proclamait le nouvel Harvey d'une chaude voix de gorge. J'ai la grâce. J'ai la classe. On dirait un chat qui valse. (Il exécuta quelques pas d'une légèreté féline et se retourna vers la caméra, un sourire aux lèvres.) Et je fais ce que je veux, où je veux, quand je veux. Nul ne peut m'obliger à porter des collants.

« Glup ! » Morgan allait avoir une attaque !

— La Cat-attitude a également changé mon régime alimentaire, poursuivait-il d'un ton suave. Quoi de plus sain qu'une sardine à l'huile d'olive pour satisfaire un petit creux ?

Le jeune homme enfourna alors une fourchetée de sardines dégoulinantes d'huile. Sabrina aurait juré l'avoir entendu ronronner.

— Vous aussi, vous pouvez devenir comme *chat*, conclut Harvey après s'être délicatement léché les babines du bout de la langue. Appelez le numéro qui défile en bas de votre écran. Pour cent dollars seulement, vous maîtriserez la Cat-attitude en un rien de temps !

Il se baissa et prit un petit félin noir dans ses bras.

— Et tout ça, je le dois à maître Yochat.

Une banderole en lettres vertes s'incrusta sous le matou :

La Cat-attitude maîtriser, tu dois !

Les yeux de Sabrina s'étrécirent.

— Salem ! siffla-t-elle entre ses dents.

— Tu délires ? répondit Roxie. Salem n'est pas le seul chat noir sur terre !

« Non, mais c'est le seul chat parlant capable d'inventer un coup pareil », se dit Sabrina.

— Je suis épuisée, déclara Roxie en se levant. À demain.

— Qui veut jouer au tennis ? demanda Kurt.

— Tu es un sacré numéro, toi ! s'esclaffa Roxie en montant l'escalier.

Sabrina prit le garçon par la main.

— Viens, je t'emmène chez mes tantes. Ce sera plus sûr.

— Je passe te prendre en voiture ! s'exclama-t-il.

— Moi, je connais un moyen plus rapide, affirma l'apprentie sorcière en pointant l'index.

Pofff ! En un éclair, tous deux atterrirent chez Hilda et Zelda.

— Tu vas dormir dans mon ancienne chambre, ordonna Sabrina à Kurt. Ne la quitte sous aucun prétexte. Demain, nous irons acheter ton déguisement au magasin de jouets.

— Tu veux danser ? s'enquit la poupée mannequin.

— Tu feras ça demain, au bal d'Halloween, soupira la jeune fille en ouvrant la porte de sa chambre. Et maintenant, silence, murmura-t-elle.

Kurt s'assit sur le lit.

— MIAOUOUOU ! hurla Salem. Aïe-euh ! Pas sur ma queue !

Sabrina alluma la lumière.

— Navrée, Salem. J'ignorais que tu étais là.

— Ça ne fait rien, j'ai l'habitude qu'on me prenne pour un oreiller, maugréa le chat en lançant à Kurt un regard suspicieux. Tu nous présentes ta nouvelle conquête ?

Le teint de Sabrina vira au violet betterave.

— Ce... ce n'est pas ce que tu crois, bredouilla-t-elle. Il n'est pas réel... Enfin, euh...

— Essaie de faire avaler ce bobard à tes tantes, persifla Salem.

— Je ne mens pas, expliqua Sabrina. C'est une poupée. Un jouet. Je lui ai donné la vie pour un moment.

— Et pourquoi ça, miss Frankenstein ?

— Roxie déplore le manque de garçons fidèles et sincères. Ce matin, j'ai aperçu la poupée Kurt dans la vitrine d'un magasin de jouets. Alors je me suis souvenue du jingle pub :

« *Qu'il pleuve ou qu'il neige,*
Betsy, c'est le rêve... »

Salem plaqua ses pattes sur ses oreilles.
— Pitié ! Tout, mais pas ça !

Sabrina se renfrogna.

— À ton tour de répondre à mes questions ! exigea-t-elle. Comment avez-vous réussi à embobiner Harvey, maître Yochat ?

Salem frémit des moustaches, l'œil brillant d'excitation.

— Tu as vu le publireportage ? Alors ? Alors ?

— Tu t'es servi de Harvey, accusa l'apprentie sorcière.

— Pas du tout ! se récria le chat. Je l'ai seulement convaincu que, s'il me ressemblait, il parviendrait à tenir tête à Morgan.

— Personne n'a envie de te ressembler, gronda Sabrina.

— Eh bien, détrompe-toi. Nous avons reçu 1 473 appels, ce soir, s'enorgueillit le matou. Demain, à la première heure, il faudra que je rectifie ma commande auprès du fabricant. Et le publireportage passera trois fois par jour au cours de la semaine prochaine.

— Tu as extorqué presque cent cinquante mille dollars à des pauvres insomniaques ? s'étrangla Sabrina, néanmoins impressionnée. (Elle jeta au chat un regard de biais.) Et que va y gagner Harvey ? demanda-t-elle d'un air méfiant.

— L'honneur de me représenter auprès des humains, répliqua Salem en se nettoyant les pattes à coups de langue vigoureux. Et un cours de Cat-attitude gratuit. Bien sûr.

— Quelle arnaque ! siffla Sabrina.

— Justement, c'est tout bénéf' pour lui, contra le félin. Harvey a besoin de moi. Face à Morgan, il tremble comme un bloc de gélatine dans son bol. Il est grand temps qu'il acquière son indépendance.

Salem n'avait pas tort. Si son plan fonctionnait, Harvey pourrait enfin envoyer Morgan sur les roses. Mais dans le cas contraire...

— Et si la Cat-attitude le métamorphose en phénomène de foire ? remarqua Sabrina. Il sera la risée du campus. Ce sera pire qu'avant... comme chaque fois que tu fourres ton museau dans les affaires des autres !

— Tu es mal placée pour me faire la

morale, riposta le chat. Même si nos intentions diffèrent légèrement.

Sabrina en demeura bouche bée. Salem marquait un point. Avec un soupir, elle se tourna vers Kurt : un seul problème à la fois.

7

Quelle star !

— Je vais aller faire un somme sur le canapé, déclara Sabrina à Kurt. Toi, tu restes ici et tu essaies de ne pas t'attirer d'ennuis. Je reviens dans quelques heures.

— Betsy est ma préférée ! approuva-t-il.

— Mais Roxie est encore mieux, non ? suggéra Sabrina.

— Super, ta coiffure ! répliqua Kurt.

— Laisse tomber, souffla l'apprentie sorcière en jaugeant le mannequin de haut en bas. Wouaouh ! Tu n'as pas eu le temps de passer au pressing, toi ! Changement express !

Elle pointa l'index, cligna des yeux lorsque brilla l'éclair magique et recula pour mieux admirer son œuvre. Mais Kurt portait encore son bermuda orange et sa chemisette froissés.

Voilà autre chose !

Sabrina réitéra l'opération. Rien à faire.

— Je crois comprendre, murmura la jeune fille. Kurt ne peut porter que des vêtements de la marque Betsy. Tout comme il ne peut conduire que la voiture Betsy...

Soudain, Sabrina claqua des doigts.

— Eurêka ! s'exclama-t-elle.

Elle tira une chaise jusqu'à sa vieille armoire, grimpa sur le siège et s'empara de la petite valise en plastique mauve dissimulée tout en haut de la dernière étagère.

À l'intérieur, se trouvait la poupée Betsy que Sabrina chérissait. Bien entendu, elle ne jouait plus avec « Betsy fait du ski » depuis des lustres. Elle se contenait de la regarder de temps en temps.

Elle fit un rapide inventaire des tenues de la poupée : non, elle n'avait gardé aucun vêtement de Kurt. Ah, si : l'apprentie sorcière finit par trouver, au milieu des robes et des bikinis, un pyjama mauve, fripé et usé. Il ferait l'affaire !

Pofff ! elle habilla Kurt. Le lendemain, après les cours, Sabrina devrait d'urgence aller acheter quelques habits au faux jeune homme.

Bref, cette histoire allait lui coûter un max.

— Assure-toi qu'il ne franchisse pas cette porte, intima-t-elle au chat.

— Qu'est-ce que tu me donnes en échange ? fit Salem.

— Soit tu surveilles Kurt, soit je révèle ton plan tordu à tante Hilda et à tante Zelda, le menaça Sabrina.

Comme les cassettes de la Cat-attitude étaient déjà payées et sorties de l'usine, le félin se trouvait coincé. Il fronça les poils qui lui tenaient lieu de sourcils.

— Tu es dure en affaires, ma belle, grinça-t-il.

— J'ai eu le meilleur des professeurs, répondit Sabrina en grimaçant un sourire.

— Tu as gagné, soupira le chat. Plastic-man n'ira nulle part.

Sabrina foudroya Kurt du regard.

— Pigé ? Tu ne bouges pas d'ici.

Kurt considéra son pyjama.

— J'adore le mauve ! s'exclama-t-il.

Lorsque le réveil sonna à 7 h 30, Sabrina eut envie de se zapper des allumettes pour aider ses paupières à rester ouvertes. Elle ne devait pas manquer le cours de littérature : les partiels débutaient dans quelques semaines.

De plus, elle voulait intercepter Harvey avant qu'il ne se fasse assaillir par les étudiants qui l'avaient reconnu dans le publi-reportage.

Zut ! Elle arrivait trop tard. Un troupeau de groupies entourait Harvey sur la pelouse du campus d'Adams College. Les rires fusaient, gras et rauques.

— Grrr ! Salem, je vais t'écorcher vif ! Je ne donne pas cher de tes sept vies ! maugréa Sabrina, qui pressa le pas en se frayant un chemin à travers la foule. Salut, Harvey ! s'exclama-t-elle. Tu n'as pas cours ?

— Oooh ! Ne t'en va pas, Harveeeey ! minauda une étudiante aux longues nattes brunes. Tu viens juste de commencer !

— Ça suffit, intima Sabrina. Fichez-lui la paix !

Harvey caressa son ombre de moustache.

— Ne t'inquiète pas, Sabrina, ce ne sont que quelques fans, lâcha-t-il. As-tu eu la chance de regarder la télé, hier soir ?

— Oui, et c'est la raison de ma présence ici, répliqua la jeune fille. Tu as besoin de mon aide.

Il eut un petit rire suffisant qui ressemblait à un miaulement.

— Je n'ai plus besoin d'aide. La Cat-attitude est basée sur la confiance en soi. Tant qu'il garde sa litière propre, le Duc de la Cat-attitude gère ses problèmes sans problème !

— Tu as une *litière* ? répéta Sabrina, incrédule.

— C'est une métaphore, expliqua Harvey. On nettoie toujours la litière des chats. Ont-ils des problèmes ? Pas le moindre. Moralité : il faut laisser les autres faire le ménage à sa place.

Sabrina ouvrit la bouche pour répondre, mais l'équipe des nageurs, épaules larges et têtes rasées, applaudit avec véhémence.

— Al-lez Harvey, al-lez Harvey, alleeez ! scanda l'assistance.

— Merci, répondit le jeune homme en levant les mains. Mais je n'y suis pour rien. Je dois tout à la Cat-attitude. Appelez le 0801.23.00.00 ou envoyez CAT par SMS au 33.20, et la Cat-attitude fera le reste !

Une nuée de téléphones portables fut soudain dégainée.

— Ah ! Te voilà enfin, toi !

Pour la première fois de sa vie, Morgan, la Reine du Campus, traversa la foule sans que personne ne lui accorde un seul regard. Tous les étudiants gardaient les yeux scotchés à leur portable.

— Il faut que je parle à Harvey ! exigea la rouquine.

Les conversations se turent et les jeunes gens s'écartèrent. Triomphante, Morgan se glissa jusqu'à son ex-copain.

— As-tu essayé ton costume ? s'enquit-elle avec morgue. Pfff ! Laisse tomber, de toute façon, je suis sûre qu'il est à ta taille. Et ne t'inquiète pas pour les collants filés.

— Comment sais-tu qu'ils sont déchirés ? demanda Harvey.

— Je les ai trouvés dans la poubelle, ce matin. J'irai t'en acheter une nouvelle paire. Oh ! (Un sourire mauvais se dessina sur le visage de Morgan.) J'ai failli oublier : je t'ai commandé une perruque de Roméo. Tu auras donc de longs cheveux bouclés.

Tout le monde dans le public retenait son souffle.

— Hé ! Harvey ! ironisa l'un des nageurs. Je pensais que tu étais un super-héros, et voilà que je découvre qu'on a affaire à Catwoman !

Un concert de rires caustiques s'éleva sur le campus.

Pas décontenancé pour un sou, Harvey sourit et passa la main dans ses cheveux plaqués en arrière. Il plissa les yeux, observa longuement ses ongles et se tourna vers Morgan.

— Oublie les collants, la perruque et tout le tremblement, ronronna-t-il avec nonchalance. Je ne vais pas au bal avec toi. Tu devras te dénicher un autre Roméo. Il te reste... (il regarda sa montre) un peu plus de douze heures.

Le teint de Morgan vira au rouge tomate, comme si Harvey venait de la gifler.

— Tu viens de commettre une monumentale erreur, Harvey Kinkle, cracha-t-elle.

Tous les regards étaient braqués sur le garçon. Jusqu'à présent, nul n'avait osé tenir tête à Sa Majesté Morgan. Devant elle, tout le monde s'écrasait comme pomme pourrie sous les sabots d'une vache. Le suspense était à son comble. La balle, dans le camp de Harvey. Allait-il transformer l'essai ?

— C'est vrai, finit-il par répondre.

La foule se mit à gronder de déception. Quelle blague, cette Cat-attitude ! Allons ! C'était tout ce que Harvey avait dans le ventre ?

— Je t'ai blessée et j'en suis sincèrement navré, poursuivit le jeune homme. Mais il va falloir t'y faire. Je n'irai pas à cette soirée en collants, avec une serpillière sur la tête.

Ah-aaah ! Voilà qui devenait intéressant !

— Je n'ai pas besoin de ta popularité, Morgan, clama Harvey. Si je désire devenir célèbre, j'y parviendrai tout seul... grâce à la Cat-attitude !

— *Yesss !* jubila Sabrina.

— Al-lez Harvey, al-lez Harvey, alleeez ! chanta l'assemblée galvanisée.

— La Cata-quoi ? s'enquit Morgan, éberluée.

— Tu peux te pousser ? lui demanda une grande étudiante aux anglaises brunes en lui tapant sur l'épaule. Tu m'empêches de voir Harvey.

Morgan lui décocha un regard vénéneux.

— J'ai dû mal entendre, persifla la rouquine. De toute façon, j'étais là avant toi.

— Si tu veux un autographe, tu n'as qu'à faire la queue, répliqua la grande brune.

— Un *autographe* ? caqueta Morgan. Je te signale que je suis sortie avec ce garçon pendant plusieurs mois. J'ai déjà vu sa signature... surtout sur ses chèques quand il m'a emmenée dans les meilleurs restaurants de Boston.

La fille la toisa, incrédule.

— Tu es sortie avec Harvey ? Qu'est-ce qui t'a pris de rompre avec lui ?

Morgan déglutit. En fait, c'était Harvey qui avait voulu arrêter les frais. Mais plutôt

67

mourir que de laisser se divulguer une pareille information !

— Ça veut dire qu'il est libre, alors ! conclut l'athlétique admiratrice en se rapprochant du Duc de la Cat-attitude.

Sabrina observait Morgan. Sa colocataire paraissait sous le choc. Elle venait de découvrir que nul n'était irremplaçable. Pas même elle.

8

Super, ta coiffure !

En retard ! Comme d'hab' ! Sabrina s'agenouilla et jeta un œil sous son lit. Où était
passé ce fichu collant noir ? Elle en avait un
besoin *vital* pour se déguiser ! Le bal d'Halloween allait bientôt commencer.

En un jour et demi, Kurt avait ruiné
Sabrina. Elle avait dû lui racheter une
garde-robe après avoir tenté de laver sa chemise. Résultat : le vêtement avait déteint,
rétréci et s'était déchiré.

Sabrina se retrouvait donc contrainte de
se déguiser avec un costume « made in
Spellman ».

— Ah ! C'est là que tu te cachais !
s'exclama l'apprentie sorcière en extirpant

un collant roulé en boule dissimulé derrière une rangée de boîtes mauves et poussiéreuses. Parfait.

— Dépêche-toi ! intervint Roxie en rajustant sa tenue de plage. Kurt doit nous attendre depuis des heures !

— Je fais ce que je peux ! gémit Sabrina.

Elle sauta dans son collant et se contorsionna pour enfiler un justaucorps noir.

— Tu sais, dit Roxie en s'asseyant sur le lit, Kurt et moi n'avons pas besoin de chauffeur. C'est très gentil de ta part, mais...

— J'adore conduire, l'interrompit la jeune fille.

Pas question de laisser une poupée vivante, qui savait à peine articuler dix phrases et n'avait jamais vu un feu rouge de sa vie, au volant d'une voiture en plastique, et seule avec Roxie !

— De plus, Kurt ne connaît pas le chemin... et il m'a avoué qu'il voulait s'asseoir sur le siège arrière avec toi, ajouta Sabrina d'un air malicieux.

Roxie en demeura stupéfaite. Elle sourit à son reflet dans le miroir et arrangea sa coiffure.

Sabrina se dessina une petite moustache sous le nez, puis s'accrocha une queue de chat et enfila une paire d'oreilles duveteuses.

— Ta-daaam ! chantonna l'apprentie sorcière en se retournant.

À cet instant, Morgan-Juliette pénétra dans la chambre.

— Je peux t'emprunter un... Oh ! Non ! Ne me dis pas que tu as été atteinte par le virus de la Cat-attitude ! gronda-t-elle.

— Miaou ! répondit Sabrina, l'œil pétillant d'espièglerie.

— Tout le monde n'a plus que ce mot-là à la bouche, geignit Morgan. À part Kurt. Lui, au moins, il paraît à des kilomètres de tous ces trucs pour chats ! C'est le seul garçon du campus dont l'haleine n'empeste pas la sardine.

— Pas touche, minouche ! l'avertit Roxie.

— Prrrt ! riposta Morgan en tirant la langue.

— La voiture de Madame est avancée, intervint Sabrina.

Les trois filles descendirent et sortirent de la maison.

— Waouh ! Trop kitsch, la décapotable ! s'exclama Morgan. Je peux monter avec vous ?

— Pas de problème, fit Roxie. Assieds-toi à l'avant.

Morgan n'en croyait pas ses oreilles. Elle pensait sans doute que Kurt allait conduire.

Le jeune homme attendait dehors, dans le froid d'octobre, en maillot de bain, T-shirt sans manches et tongs.

— Tu n'as pas emporté de pull ? le questionna Morgan.

— Allons faire un tour à la plage ! répliqua Kurt.

Surprise, Morgan haussa un sourcil.

— Euh... Il projette de devenir acteur, expliqua Sabrina. Il se met toujours dans le bain, quand il se déguise.

Morgan battit des cils à la manière d'un colibri.

— Tu as le physique d'un acteur, roucoula-t-elle à l'intention de Kurt. Je suis sûre que tu en as aussi le talent.

— À quoi tu joues, là ? fit Roxie en serrant les dents.

— Laisse tomber, chuchota Sabrina à

l'oreille de son amie. Kurt est loyal. Il ne sait même pas que Morgan existe.

Rayonnante, celle-ci se laissa tomber sur le siège avant, mais sa mine se décomposa lorsque Kurt s'installa à l'arrière, tout près de Roxie.

— Gnî ! Gnî ! Gnîîî ! ricana la petite brune, tandis que Sabrina mettait les gaz et appuyait sur la pédale de plastique mauve.

La voiture fila sur l'asphalte, au plus grand plaisir des quatre passagers qui, cheveux au vent, se laissèrent enivrer par la vitesse.

En moins de temps qu'il n'en faut pour le dire, Sabrina arriva à bon port et freina devant la résidence où se déroulait la soirée. Quand Morgan descendit de voiture, un groupe de fêtards costumés se tourna vers elle.

— Qu'est-ce qui t'est arrivé ? gouailla un étudiant replet en costume de Garfield.

— Quoi ? Quoi ? Quoi ? haleta Morgan en se contorsionnant pour s'examiner sous toutes les coutures. Ma robe s'est coincée dans ma culotte ? Mes faux cils sont tombés ?

Sabrina secoua négativement la tête et se plaqua la main sur la bouche pour ne pas éclater de rire.

— Super, ta coiffure ! s'exclama Kurt.

— Ouais, c'est le mot ! approuva un grand étudiant musclé déguisé en jaguar.

— Elle a voulu nous faire un remake du *Roi Lion* ! intervint un troisième larron en lissant sa fourrure de chat siamois.

Le groupe était plié en quatre. Sabrina se mit à pouffer. Roxie, elle, faillit attraper des crampes aux zygomatiques.

Morgan se pencha et s'admira dans le rétroviseur extérieur. Elle avait passé des heures à démêler, peigner, laquer et gélifier chaque mèche de cheveux.

— Aaaaah ! fit-elle en voyant son reflet.

Morgan n'aurait jamais dû grimper dans un cabriolet. À cause du vent, la jeune fille ressemblait à présent à l'un des Jackson Five. En rousse.

Elle lança à Kurt un regard assassin.

— « Super, ta coiffure », hein ? singea-t-elle. Tu as passé la nuit à la mettre au point ?

— Calme-toi, intervint Sabrina. On a tous les cheveux emmêlés.

— Les miens ne sont pas *emmêlés*, mais ruinés à vie ! s'exclama Morgan au bord de la crise d'hystérie. Et d'abord, Kurt est toujours aussi bien coiffé, lui.

Évidemment. Les cheveux synthétiques ne bougeaient jamais.

— Il faudra que tu nous dises quel gel tu emploies, Kurt, s'empressa de remarquer Sabrina. Bon, on y va ?

— Je vous rejoins, répondit Morgan. Il faut que je me recoiffe. Je n'ai pas envie d'être la risée de cette bande de chats de gouttière !

— Alors à tout' ! s'exclama Sabrina.

— Allons faire la fête ! surenchérit Kurt.

Roxie se rapprocha du mannequin. La soirée s'annonçait prometteuse.

9

Le bal des chats

À l'intérieur du bâtiment, Halloween n'avait plus rien d'effrayant. Une cohorte de félins se massait sur la piste de danse et autour des boissons. Ocelots, tigresses et chats persans se déhanchaient au son de groupes endiablés (mais un poil dépassés), comme les Chats Sauvages ou Cat Stevens.

— Je te préviens, Sabrina ! feula un étudiant en costume de léopard. Tu dois attendre ton tour pour approcher Harvey !

Sabrina haussa les sourcils, interloquée. Mais qu'est-ce qui lui prenait, à celui-là ? Elle n'avait pas l'intention de passer la soirée pendue aux basques de Harvey ! Elle se dirigea vers la piste de danse.

— Hé-ho ! miaula une fille en costume de chat noir. C'est à *moi* de danser avec Harvey !

« C'est fou le nombre de chats noirs qu'on croise dans ce bal ! » songea Sabrina, un peu vexée, car elle s'était voulue originale. « Heureusement que je ne suis pas superstitieuse ! »

Elle coula un regard vers Roxie et Kurt. Immobile au milieu de la piste, la poupée mannequin parlait à la jeune fille qui, à l'évidence, n'entendait rien : elle se tenait juste à côté de l'enceinte. Tant mieux !

— Aaah ! Enfin ! Sabrina ! s'exclama une voix masculine noyée dans la foule de félins.

— Salut, Harvey ! lança l'apprentie sorcière.

— Au large ! Faites place au Duc de la Cat-attitude ! ordonna avec véhémence un footballeur déguisé en tigre.

Des dizaines de regards jaloux transpercèrent Sabrina. Mais lorsque la jeune fille aperçut Harvey, elle éclata de rire. Le Duc était recouvert de paille et vêtu d'une salopette.

— Tu es déguisé en quoi, en Chat-lopette à Foin ? railla-t-elle.

— J'ai toujours voulu incarner l'Épouvantail du *Magicien d'Oz*, répondit Harvey.

— Tu aurais au moins pu choisir le Lion Froussard, contra Sabrina.

— La Cat-attitude est un état d'esprit, pas un déguisement, expliqua Harvey. Moi, je fais ce que je veux, où je veux, quand je veux.

— Et c'est ce qui te rend irrésistible, ronronna une chatte siamoise en passant un bras autour de la taille du garçon.

— Non, mais regardez-moi ça ! intervint une voix caustique. L'homme de paille de ces dames ! Tu parles d'une élégance ! Rien à voir avec *mouââ*, la royauté incarnée !

Morgan fit son apparition, impeccablement recoiffée.

— Tu as tout faux, rétorqua la chatte siamoise. Dans l'Égypte antique, c'étaient les chats, la royauté incarnée. Pas vrai, Harvey ?

Harvey sourit et se débarrassa du brin de paille qui lui chatouillait la narine gauche.

— Absolument, approuva-t-il.

— Ah ! Tu veux de l'attitude ! Je vais t'en donner, moi, de l'attitude ! gronda Morgan.

— De la *Cat*-attitude, corrigea Harvey.

Il faisait sombre, mais Sabrina aurait juré l'avoir vu se lécher le dos de la main.

— Écoute ! susurra la chatte siamoise. Ils passent *Moi vouloir être chat*, de Pow-Wow !

Harvey et la fille rejoignirent la piste de danse, bras dessus bras dessous, suivis de près par la meute de fans.

— Excusez-moi, fit Sabrina en se rapprochant de Roxie et de Kurt.

La poupée ne devait pas échapper trop longtemps à sa surveillance !

— Bon, ben, à plus ! murmura Morgan, désabusée, qui se retrouva seule avec sa robe de Juliette.

Sa cote de popularité venait de dégringoler au niveau – 800.

— Ça va, vous deux ? s'enquit Sabrina auprès de Kurt et de Roxie.

— Betsy est ma préférée ! s'époumona Kurt.

Non ! Pas cette phrase-là !

Heureusement, Roxie, toujours à côté de l'enceinte, n'avait pas saisi un traître mot.

— Qui veut jouer au tennis ? demanda le faux garçon.

— Parle plus fort ! hurla Roxie en commençant à bouger en rythme.

— Tu veux danser ? s'enquit Kurt, tandis que commençaient les premières notes du générique du dessin animé *Cat's Eyes*.

— C'est parti ! opina Roxie avec enthousiasme.

Sabrina observa son amie et le mannequin. « Pourvu, pourvu qu'il sache danser ! » supplia mentalement la jeune fille. « Oh ! Nooon ! »

Kurt, les coudes pliés, effectuait des mouvements raides et saccadés. Sabrina résista à l'envie de lui zapper du dégrippant.

— Génial ! s'exclama Roxie. Regarde, Sabrina, il mime Zeke, l'Homme en ferblanc ! J'avais un cousin qui dansait la *house* des années 80. J'adore ton côté rétro, Kurt !

Elle l'imita. Les autres danseurs dévisagèrent le couple d'un air ahuri, puis Harvey intervint :

— Trop cool ! Regardez-les ! Ils sont un parfait exemple de Cat-attitude ! Ce qu'ils veulent, quand ils veulent !

— Ouais ! Moi aussi, j'ai envie de faire le robot ! s'exclama un joueur de basket déguisé en Tigrou.

En un éclair, tous les fêtards se mirent à danser comme des automates.

— Merci d'avoir volé au secours de Roxie, chuchota Sabrina à Harvey.

— De rien. Je pensais ce que je disais, répliqua celui-ci en haussant les épaules. On peut convaincre n'importe quel mortel, tant qu'on croit dur comme fer à ce que l'on affirme.

Sabrina fronça les sourcils. « N'importe quel *mortel* ? » se répéta-t-elle en silence.

— J'ai l'impression d'entendre Salem, accusa-t-elle.

— Merci. Je prends ça comme un compliment, répondit Harvey.

— Ce n'était pas vraiment un éloge, rétorqua l'apprentie sorcière.

— As-tu commandé une cassette de la Cat-attitude ? s'enquit Harvey. Sans rire, Salem est un génie !

Sabrina gloussa.

— Je n'ai pas besoin de cassette : je vis

avec M. Cat-attitude depuis assez long-temps !

— Quelle chance !

— Ce n'est pas le mot que j'emploierais, contra Sabrina avec une grimace.

Jusqu'à présent, tout ce que la jeune fille avait appris de Salem, c'était comment s'attirer des ennuis. Mais inutile de vouloir persuader Harvey qu'il faisait fausse route. Il devrait s'en rendre compte par lui-même.

Elle dansa avec Harvey tout en gardant à l'œil Kurt et Roxie. Son amie s'en donnait à cœur joie, mais le garçon, le regard vide, un sourire figé aux lèvres, se contentait de bouger machinalement.

— Tu veux la moitié de mon soda ? demanda-t-il à Roxie quand la basse entonna *Eye of the Tiger*.

— D'accord, approuva-t-elle.

Dès que Kurt et Roxie se dirigèrent vers le comptoir, une horde de panthères, de lionnes et de chattes rousses se ruèrent dans leur sillage. Elles s'approchèrent de Kurt.

— Tu dois faire beaucoup de muscu, minauda une fille efflanquée costumée en guépard.

— Que ta peau est douce ! roucoula une étudiante à la silhouette de top model, déguisée en chaton blanc. (Elle lui caressa la joue.) Quel est ton après-rasage ?

— J'adore le mauve ! répondit Kurt.

— Ça alors ! Moi aussi ! s'exclama une petite blonde en costume de lynx. Regarde mes yeux : ils sont d'un bleu tirant sur le mauve !

Sabrina jeta un œil à Roxie : la veine qui saillait sur son cou en disait long sur son énervement. La déception se lisait sur son visage. Alerte rouge !

— Je reviens, Harvey, s'excusa Sabrina.

Elle se hâta de rejoindre son amie.

— Tout va comme tu veux, Rox ?

— À ton avis ? maugréa sa colocataire. Je te l'avais bien dit : les chevaliers servants n'existent que dans les contes...

— Kurt n'est pas en train de flirter avec ces filles ; c'est l'inverse, rectifia Sabrina.

— Je ne l'ai pas vu les envoyer balader, riposta Roxie.

— Fais-moi confiance, lui assura l'apprentie sorcière.

Roxie soupira.

— Très bien. Mais au cas où il se débarrasserait de ces sangsues à poils, cela ne t'ennuierait pas de mettre les voiles ? Sans vouloir te vexer...

— Euh... Je... Tu... Il... bredouilla Sabrina.

Comment lui expliquer qu'elle surveillait juste une poupée parlante pour l'empêcher de révéler le pot aux roses ?

À cet instant, Kurt revint et tendit à Roxie un soda glacé.

— Allons faire la fête ! sourit-il.

Sauvée par le gong ! Roxie saisit le gobelet en plastique et adressa au jeune homme un sourire radieux.

— Et maintenant, du balai ! susurra-t-elle à l'intention de Sabrina.

Soudain, un étudiant s'écria :

— Croquettes de poisson et verres de lait à volonté dans la salle de billard !

Instantanément, les danseurs désertèrent la piste et se précipitèrent vers la salle de billard. Sabrina se tenait devant l'entrée. Soit elle s'écartait, soit elle se faisait piétiner par une foule affamée. Trop tard. Elle fut happée par une marée de chats en délire.

Roxie saisit sa chance au vol.

— Tu veux aller faire un tour ? demanda-t-elle à Kurt.

— Qui veut jouer au tennis ? répondit-il.

— Je pensais à une promenade plus intime... précisa la jeune fille.

— Je passe te prendre en voiture ! proposa Kurt.

Roxie éclata de rire.

— J'adore le mauve ! lui assura-t-elle.

10

Kurt le Gros Dur

— Wouh-ouh-ouuh ! hurlait Roxie, cheveux au vent. Appuie sur le champignon !

Kurt roulait à tombeau ouvert en grillant tous les feux rouges. Les autres conducteurs freinaient à grand renfort de coups de klaxon et de crissements de pneus.

Bien entendu, Kurt ne savait pas conduire. D'ordinaire, c'étaient les petites filles qui pilotaient sa voiture à sa place. Et dans le monde de Betsy, les feux n'étaient pas rouges, mais mauves.

— Tu es complètement dingue ! s'exclama Roxie. Je parie que Sabrina ne t'a jamais vu ainsi !

— Allons faire la fête ! se réjouit la poupée animée.

« Piiin-pooon ! » lui répondit une sirène
de voiture de police.

— Oh-oh ! Tu ferais mieux de te garer,
l'avertit Roxie.

Mais Kurt ignorait comment se garer. Il
ne savait même pas freiner !

— Arrête-toi ! le supplia Roxie, qui
voyait dans le rétroviseur le gyrophare bleu
se rapprocher à vitesse grand V.

— Allons faire un tour à la plage !
s'exclama Kurt.

— Tu vas te prendre une amende ! le pré-
vint la jeune fille.

Kurt écrasait la pédale d'accélérateur. Il
passa devant le centre commercial, l'épice-
rie, puis devant l'école. À ce rythme, ils
allaient franchir la frontière en un rien de
temps ! Soudain, la voiture s'immobilisa.

Roxie jeta un œil au tableau de bord.

— Panne d'essence, diagnostiqua-t-elle.

— Betsy est ma préférée ! répliqua le
garçon.

« Là, je craque ! se dit Roxie. Faire du
rodéo dans la rue, être coupable de délit de

fuite, passe encore. Mais avouer être amoureux d'une autre fille... ce macho dépasse les bornes ! »

— Tu peux répéter ? demanda-t-elle, la gorge serrée dans un étau.

À cet instant, une policière braqua une lampe torche dans les yeux de Kurt.

— Je peux voir votre permis de conduire, s'il vous plaît ?

Kurt la considéra d'un air stupide.

— Votre permis de conduire, articula de nouveau la représentante de l'ordre.

Il n'esquissa pas un geste.

— Bon, écoute-moi, mon p'tit père. Tu es dans les ennuis jusqu'au cou. Tu as grillé assez de feux rouges pour que je fasse sauter tous les points de ton permis et que je te coffre pour un bout de temps. Alors ne m'oblige pas à me fâcher et obéis !

Kurt semblait déboussolé.

— Euh... Il est peut-être dans la boîte à gants, risqua Roxie.

— Très bien, ouvrez-la tout doucement, ordonna la femme. Et pas de geste brusque.

Roxie ouvrit la boîte à gants et en sortit

un morceau de papier rectanguaire, qu'elle lui tendit.

— C'est un canular, ou quoi ? cracha la policière. Je n'ai franchement pas envie de rire. Vous croyez que ça m'amuse d'être de permanence le soir d'Halloween ?

Elle fourra le papier sous le nez de Roxie. C'était un prospectus couvert de bateaux mauves, de vélos mauves et de camping-cars mauves.

— Bon, fini de jouer, les gosses ! Sortez de la voiture, intima-t-elle en se tournant ostensiblement pour dévoiler le pistolet qu'elle portait à la ceinture.

Mais Kurt ignorait ce qu'était un pistolet.

— Je vais nous chercher une pizza ! déclara-t-il.

« Bidi-bidi-bidip ! » fredonna le téléphone de Sabrina. Seule devant le bâtiment où se déroulait la soirée, la jeune fille sortit son portable de sa veste.

— Allô ?

— Ah ! Sabrina ! Contente de te joindre ! soupira Roxie, soulagée, à l'autre bout du fil.

— Où es-tu ? s'enquit la jeune fille, inquiète.

— En prison, murmura son amie.

Sabrina jeta un œil à l'écran de son portable pour vérifier si la liaison satellite passait bien.

— Je t'entends mal. J'ai cru que tu m'avais annoncé que tu étais en prison.

— C'est le cas, avoua Roxie. On a eu un petit pépin avec la voiture et on s'est fait arrêter. À la place de son permis de conduire, Kurt a présenté à la policière une pub pour des poupées. Je ne te raconte pas la honte ! (Elle s'interrompit un instant.) Dis, tu connais une certaine Betsy ?

— Betsy ? Heu... C'est une ex de Kurt. De l'histoire ancienne.

— Ah ! Bon ! souffla Roxie, qui se souciait davantage des copines de Kurt que de son arrestation.

— J'arrive tout de suite, promit Sabrina.

Lorsque Sabrina pénétra dans le commissariat, Roxie n'avait pas l'air effondrée, bien au contraire. Elle resplendissait de bonheur et ne tenait pas en place, excitée comme une puce. Il faut préciser que Roxie commençait à connaître les lieux. Elle s'était déjà fait arrêter deux fois : le mois précédent, lors de la manif anti-nucléaire, puis quand elle avait organisé un piquet de grève devant une boutique de fourrures, avec le comité Brigitte Bardot.

— Cette chevauchée sauvage à travers la ville m'a donné le frisson ! s'exaltait-elle. Et Kurt, lui, tranquille, s'est tourné vers la policière qui nous a arrêtés et lui a demandé si elle voulait une pizza ! Trop classe, non ? Nous étions comme Bonnie et Clyde !

— Drôles d'exemples ! répondit Sabrina.

Roxie fit la moue.

— Ton ami d'enfance est devenu un gros dur !

Un policier entra dans la pièce, suivi de Kurt. Il tendit un papier à Sabrina.

— Vous paierez l'amende en sortant, déclara-t-il.

Sabrina ouvrit son sac à main, mais Roxie l'arrêta d'un geste.

— Je t'interdis de débourser un centime, fit-elle.

— Je croyais que tu étais à sec, objecta Sabrina.

— C'est vrai, mais je ne vois pas pourquoi on devrait payer une amende. Kurt n'a pas refusé de montrer son permis de conduire à l'agent de police. Il lui a juste proposé d'aller chercher une pizza.

— Il roulait en plein centre-ville à plus de 200 km/h ! s'insurgea Sabrina. Tu croyais que cette gendarmette allait rester les bras croisés ?

— Faisons-lui un procès ! Il faut se battre contre le système ! s'enflamma Roxie en prenant le bras du garçon.

— Allons faire la fête ! s'exclama celui-ci.

— Tu vois, même Kurt est de mon avis ! se réjouit Roxie.

— Rien à faire, je paie cette amende. Point final, affirma Sabrina en tendant un chèque de deux cent cinquante dollars au policier derrière le comptoir. En route, mauvaise troupe !

Le trio sortit dans la fraîcheur de la nuit. Sabrina regarda sa montre : une heure du matin. Halloween était terminé. Bilan de la soirée : un bain de chats, quelques verres de

soda éventé, un compte en banque vampi-
risé et un aller-retour à ses frais jusqu'au
commissariat. Charmante soirée !

— Rentrons, ordonna-t-elle, la mine
décomposée.

— À propos, Kurt, on pourra aller
chez toi, demain ? s'enquit Roxie, les yeux
pétillants.

— Je passe te prendre en voiture !
s'exclama Kurt.

— Super ! Demain, après mon cours de
bio, d'acc' ?

L'apprentie sorcière laissa échapper un
gémissement. Elle allait devoir acheter une
maison Betsy à Kurt le Gros Dur. Toutes
ses économies fondaient comme neige au
soleil !

— Sa voiture est à la fourrière, rappela
Sabrina à Roxie.

« Et elle y restera jusqu'à ce qu'il reprenne
sa taille d'origine ! » ajouta-t-elle pour elle-
même.

— Ce n'est pas grave, j'irai à pied, rétorqua Roxie. Il habite juste à côté de chez tes
tantes, non ?

— Si, si, murmura Sabrina en s'imaginant la tête que feraient Hilda et Zelda en constatant qu'une maison mauve avait poussé sur leur pelouse.

— Je serai chez toi vers quatre heures et demie, ça te va ? demanda Roxie à Kurt. On écoutera de la bonne musique pour décompresser. J'apporterai des CD.

Sabrina étouffa un sarcasme et jeta un œil à son amie. Roxie rayonnait. Elle paraissait vraiment accro. Mais cette histoire ne pouvait pas durer. Elle finirait par découvrir qu'elle et Kurt ne possédaient rien en commun.

D'ailleurs, il le faudrait bien : Sabrina ne pourrait pas financer l'idylle de son amie jusqu'à la saint-glinglin !

11

Cul-de-sac !

— Il y a quelqu'un ? fit Sabrina le lendemain matin en pénétrant chez ses tantes.

Onze heures. L'endroit était désert. Hilda
et Zelda avaient quitté les lieux depuis long-
temps sans soupçonner un instant que Kurt
avait passé la nuit chez elles.

— J'adore le mauve ! répondit Kurt,
debout, en haut des marches.

La poupée semblait dans une forme du
tonnerre. Sabrina, en revanche, tombait
d'épuisement.

— Tu veux danser ? proposa Kurt.

Oh ! La barbe !

— Reste ici. Je reviens tout de suite.

Sabrina traîna quatre sacs pleins de jouets jusqu'au premier étage. Elle avait fait l'acquisition d'une maison Betsy (un T3 entièrement meublé) et d'un lecteur CD Betsy (au cas où Kurt demanderait à Roxie de danser... pour la énième fois). La jeune fille s'effondra sur son ancien lit.

— Ouf ! Je devrais sécher les cours de gym moins souvent ! haleta-t-elle.

— Qui veut jouer au tennis ? proposa Kurt.

— Ah ! Ah ! Désopilant ! se moqua l'apprentie sorcière. Regarde ce que tatie Sabrina t'a acheté !

Elle extirpa d'un sac une boîte de meubles de salon. Kurt la prit et l'examina avec intérêt. La photo sur le devant du carton le représentait, assis sur le canapé, un sourire charmeur aux lèvres. Il coulait un regard amoureux à la belle poupée Betsy assise à côté de lui.

— Betsy est ma préférée ! s'exclama-t-il en s'empressant de déballer tous les jouets.

Sabrina sourit en observant le grand gaillard ouvrir ses paquets, tel un gamin le matin de Noël (ou une sorcière le soir d'Halloween). Kurt resplendissait de bonheur.

— Tu comptes ouvrir un magasin de jouets ? intervint une voix depuis l'appui de fenêtre de la chambre.

Harvey bondit et atterrit sur le sol à quatre pattes.

— Aaaah ! cria Sabrina. C'est nouveau, cette façon d'entrer ! Qu'est-ce que tu fabriques ici ?

— Je suis arrivé aux aurores, répondit le garçon. Salem et moi avions rendez-vous.

— Et pourquoi n'as-tu pas répondu quand j'ai appelé ? voulut savoir Sabrina.

Avec un sourire en coin, Harvey caressa sa petite moustache du bout du majeur.

— Je perfectionne ma technique, se flatta-t-il. Je m'assieds, parfaitement immobile, et j'attends.

— Tu attends quoi ?

— Je n'en sais rien, répondit-il. C'est ce dont je voulais m'entretenir avec Salem. Je suis censé apprendre la patience et savoir me montrer au moment opportun. À propos, tu as vu mon bond ?

Sabrina acquiesça.

— Pas mal, hein ? poursuivit-il. Je crois que je n'aurai qu'une seule ecchymose au genou, cette fois-ci.

— Betsy est ma préférée ! lâcha Kurt en brandissant le lecteur CD.

— C'est juste une impression, ou ce garçon ondule légèrement de la toiture ? murmura Harvey. Ce n'est pas lui qui accompagnait Roxie, hier soir ?

— « Garçon » n'est pas le terme que j'emploierais, expliqua Sabrina. En fait, c'est une...

— S'il s'agit encore d'un truc de sorcière, je ne veux rien savoir ! l'interrompit Harvey en levant les mains. Tu pourras dire à Salem que je suis passé ?

Il aperçut son reflet dans le miroir, fronça les sourcils, se lécha le bout du doigt et se recoiffa.

— Voilà qui est mieux ! se félicita-t-il. (Il adressa un clin d'œil à son image et pointa les deux index vers le miroir.) *La Cat-attitude maîtriser, tu dois !* s'exclama-t-il avant de tourner les talons et de descendre les marches à pas feutrés.

Sabrina entendit la porte d'entrée se refermer avec un certain soulagement. Harvey lui aurait sûrement fait la morale : « Tu n'aurais pas dû donner la vie à une poupée. Roxie va avoir le cœur brisé, et patati, et patata. »

Et il aurait eu raison. Tôt ou tard, Sabrina devrait rendre à Kurt son format d'origine, et le faux garçon sortirait de la vie de Roxie. Plus Sabrina prolongerait le plaisir, plus dure serait la chute.

— Bon ! soupira l'apprentie sorcière. Autant y mettre un terme dès à présent !

Elle raconterait à Roxie que Kurt avait dû partir précipitamment. Qu'il avait rejoint la Croix-Rouge pour venir en aide aux victimes du monde entier. Roxie apprécierait ce geste noble et généreux. Un Kurt au grand cœur.

En plus, Sabrina pourrait se faire rembourser la maison de poupée, les meubles et le lecteur CD...

Elle se tourna vers Kurt et agita l'index en débitant à toute allure :

Finis les yeux doux, finie la romance,
Roxie s'est marrée, moi non. Pas de chance !
Kurt, le garçon d'un mètre quatre-vingts
Se retransforme en poupée mannequin !

Et *pofff*... Le sourire de Sabrina s'effaça. Kurt était toujours assis sur le lit, entouré de boîtes de jouets Betsy.

Galère ! Qu'est-ce qui avait déraillé, cette fois ? Était-ce la magie de Sabrina qui avait une défaillance ? D'un geste rapide, elle transforma son jeans bleu délavé en pantalon décoré de lacets et pourvu d'une ceinture ornée de strass.

Tout fonctionnait. Alors ?

Sabrina essaya un autre sortilège, moins fantaisiste :

Ce garçon n'a rien de réel,
C'est un jouet, qu'il soit comme tel !

— Je vais nous chercher une pizza ! annonça Kurt.

Grrr ! Encore raté !

Soudain, Sabrina entendit la porte d'entrée s'ouvrir. Hilda ? À moins que ce ne soit Zelda ? L'apprentie sorcière se trouvait dans une impasse. Il lui fallait de l'aide. Seules ses tantes pouvaient la tirer de ce mauvais pas (après l'avoir sévèrement réprimandée, bien entendu).

La jeune fille descendit l'escalier.

— Salut, tante Zelda ! J'ai besoin de tes lumières ! s'écria Sabrina.

— Bonjour, ma chérie. Ton cas doit être désespéré, supposa sa tante. Mais cela attendra. Je donne un cours dans une demi-heure. J'avais oublié mes notes à la maison.

— Ça ne prendra que quelques minutes ! protesta Sabrina en grimpant les marches quatre à quatre. Il faut que tu m'aides à trouver le bon sortilège !

— Pour quoi ? s'enquit Zelda en lui emboîtant le pas.

— Pour ça ! répondit sa nièce en désignant Kurt, qui souriait, assis sur le lit en pyjama mauve.

Zelda ouvrit de grands yeux effarés, puis fronça les sourcils.

— J'exige une explication, jeune fille.

Sabrina leva deux index.

— Kurt n'est pas réel, c'est une poupée mannequin, s'empressa-t-elle de révéler, avant que les foudres de l'orage Zelda s'abattent sur sa tête. Je lui ai donné la vie, afin que Roxie ait un cavalier loyal pour le bal d'Halloween.

Zelda la gratifia d'un regard courroucé.

— Tu me déçois, Sabrina. Tu devrais savoir qu'il ne faut *jamais* intervenir dans la vie amoureuse des mortels. Ça tourne à la catastrophe chaque fois !

— Pardon... murmura Sabrina.

La sorcière regarda sa montre.

— Bon, expose ton problème, version courte, parce que je n'ai pas toute la journée.

— Je veux lui rendre sa taille d'origine, mais je n'arrive pas à trouver le bon sortilège. Je dois me tromper de mots.

— Tout dépend du charme que tu as utilisé pour l'amener à la vie. Répète mot pour mot le sort que tu as employé.

Sabrina ferma les yeux et tenta de se souvenir de sa journée shopping.

— *Mon amie Roxie cherche en vain l'âme sœur.*

*Un garçon aussi craquant qu'un BN de
quatre heures,
Qui la flatte, la gâte, et puis qui la respecte.
Qu'elle n'écrasera pas comme un vulgaire
insecte.
Dans son cabriolet, vêtu de son smoking,
Kurt voudra séduire la belle Roxie King !
Elle l'aimera sans poser de questions.
Que Kurt le mannequin devienne un vrai
garçon !*

— J'ai compris ce qui cloche, conclut Zelda.

— Vraiment ? s'enquit Sabrina, pleine d'espoir.

— Oui. Tu ne peux pas lui rendre sa taille d'origine. Impossible.

La jeune fille crut que ses yeux allaient sortir de ses orbites.

— Quoiiii ? coassa-t-elle.

— Tu as fait en sorte que Kurt et Roxie tombent amoureux, expliqua Zelda. Tu ne pourras annuler le charme que lorsqu'ils n'éprouveront plus rien l'un pour l'autre.

— Splendide ! geignit Sabrina. Roxie ne renoncera jamais à Kurt !

— Super, ta coiffure ! les interrompit le mannequin.

Zelda lui adressa un sourire radieux et effleura sa chevelure.

— Merci. J'ai fait rafraîchir ma coupe avant-hier. Ce garçon est absolument charmant ! confessa-t-elle à sa nièce. Je comprends pourquoi Roxie craque pour lui.

— Euh... Tu sais, Kurt ne pense pas ce qu'il dit... bredouilla Sabrina.

— Bien sûr que si ! se récria la sorcière.

— Tu veux la moitié de mon soda ? proposa Kurt.

— Une autre fois, répliqua Zelda en se ruant vers la porte. Je dois filer, sinon je vais être en retard.

— Tante Zelda ! Attends !

Blam ! répondit la porte.

— Je ne vois qu'une seule chose à faire, Kurt, soupira-t-elle. Viens. Tu vas m'aider à meubler ta maison.

12

S.O.S. pompiers !

— Snif ! Snif ! Je détecte comme une odeur de sardine !

Un footballeur éléphantesque surgi de nulle part atterrit aux pieds de Sabrina. Elle crut mourir de frayeur.

La jeune fille se frotta les yeux. Était-elle en proie à des hallucinations ? Elle avait passé la matinée à décorer la maison de poupée avec Kurt. Elle s'était traînée jusqu'à la fac, les paupières lourdes et les muscles douloureux.

— As-tu des sardines dans ton sac, oui, ou non ? insista le mastodonte, bel et bien réel. (Il se rengorgea avec un sourire.) Grâce à la Cat-attitude, j'ai appris à exprimer mes désirs avec exactitude !

Sabrina leva les yeux au ciel. On lui servait de la Cat-attitude à toutes les sauces. Elle ouvrit son sac à dos et le fourra sous le nez du footballeur.

— Pas l'ombre d'une sardine, crachat-elle d'un ton moqueur. Oh ! Mais que vois-je ? Un Tic-Tac collé au fond du sac ! Tu peux le lécher, si tu veux.

— Laisse tomber, lâcha l'étudiant. Je vais tenter ma chance à la nouvelle cafèt' du campus. Il paraît que, le plat du jour, c'est sandwich au foie de veau et à la sardine grillée !

Il s'en fut d'un pas guilleret en se pourléchant les babines.

Soudain, un cri retentit depuis le sommet d'un arbre bordant le campus.

— Au secours ! cria une étudiante.

Trois pom-pom girls étaient perchées sur la plus haute branche d'un gros chêne.

— Eh ! Toi ! héla l'étudiante. Tu as un portable ? Rends-toi utile, appelle donc les pompiers ! Tu ne vois pas que nous sommes coincées là-haut ?

— Mais qu'est-ce que vous fabriqu... commença Sabrina.

Puis elle aperçut un petit chat noir qui se pavanait à ses pieds. Le félin sauta sur son épaule.

— Tu ferais mieux d'avertir les pompiers, chuchota le chat. Ils en sont à leur trente-septième intervention, depuis ce matin.

— Salem ! murmura l'apprentie sorcière. J'aurais dû m'en douter ! Ces étudiants n'ont pas un comportement naturel. Que leur as-tu fait ?

— Je suis blessé dans mon honneur, répliqua le matou à mi-voix. Je n'y suis pour rien. Ce n'est pas ma faute si les étudiants qui ont acheté la cassette de la Cat-attitude ont mal interprété mes instructions.

— Tes *instructions* ? répéta Sabrina en plissant les yeux.

— « *Leçon n° 12* : Il faut considérer les choses sous un angle différent. Prendre de la hauteur. » Qu'y puis-je si ces humains prennent mes règles de vie au pied de la lettre ?

Salem leva les yeux et ricana :

— Non, mais regarde-les ! Avoue que c'est beaucoup plus tordant que les sitcoms à la télé !

Le chat se nettoya la patte avant à coups de langue.

— N'empêche que la Cat-attitude fait un tabac, poursuivit-il. Les bénéfices commencent à tomber. Tu as commandé ta cassette ?

— Jamais ! s'insurgea Sabrina.

— Il ne faut jamais dire : « Fontaine, je ne boirai jamais de ton eau », professa le félin. Qui sait ? La Cat-attitude pourrait t'aider à combler le vide intersidéral qui règne dans ta vie amoureuse...

— Un conseil : évite de te mêler de la vie amoureuse de qui que ce soit, siffla la jeune fille. Combien de temps penses-tu pouvoir berner tous ces naïfs ?

— Maître gogo, sur un arbre perché, tenait dans son bec un fromage, susurra le matou avec malice. Maître Yochat, par l'odeur alléché...

— Eh ! Ça ne te dérange pas trop de rester plantée là, à bayer aux corneilles ? les interrompit une pom-pom girl. Qu'est-ce que tu attends pour appeler les pompiers ?

Avec un soupir, Sabrina s'empara de son téléphone.

— Je t'ai à l'œil, Salem, le menaça l'apprentie sorcière.

Mû par sa soif de gouverner le monde, le chat tenait presque tous les étudiants du campus en son pouvoir. Il avait réussi, en dépit de son incapacité à lancer des charmes, à les ensorceler.

« Pourvu que le Conseil des Sorciers n'ait pas vent de cette histoire ! » songea Sabrina. « Je n'ai pas envie de changer la litière de Salem pendant cent ans de plus ! »

Enfin, pour l'heure, il fallait que Sabrina intercepte Roxie avant que son amie atteigne la maison de Kurt. L'apprentie sorcière avait aménagé celle-ci en un temps record. Le lecteur CD fonctionnait, mais un seul disque passait dans l'appareil : une succession de jingles pub pour Betsy.

Par contre, Sabrina n'avait pas réussi à allumer le four. Tout ce qui y rentrait,

c'était un steak en plastique géant. Bah !
Kurt se ferait un plaisir de commander une
pizza et un soda à partager !

Sabrina avait pris garde de camoufler les
indications de montage inscrites en japo-
nais sur les sols de la maison en plastique.

« Rien ne peut déraper », tentait-elle de se
persuader en attendant son amie, cachée
derrière un buisson près du bâtiment de
sciences.

Quand Roxie sortit enfin de l'édifice,
Sabrina bondit hors des fourrés et fit en
sorte de la croiser, comme par hasard.

— Ça alors, quelle surprise ! s'exclama
l'apprentie sorcière avec un petit rire forcé.

— Euh... tu sais, ça fait deux mois que
j'ai un cours de bio, tous les lundis, de trois
à quatre, répliqua Roxie. C'est normal, ces
aiguilles de pin, dans tes cheveux ?

Sabrina débarrassa ses longs cheveux
blonds de ces fâcheux indices.

— Que dirais-tu d'aller faire un tour au
centre commercial ? éluda-t-elle.

— J'ai rendez-vous avec Kurt, lui rappela
Roxie.

— Je t'accompagne ! suggéra Sabrina.

— Inutile, je sais où il habite : à côté de chez tes tantes.

— Oui, mais quel numéro ? insista Sabrina. Il t'a donné une adresse ?

Roxie secoua la tête en fronçant les sourcils.

— Alors suis-moi ! s'exclama l'apprentie sorcière. Encore heureux que tu sois tombée sur moi par le plus grand des hasards !

— Quelle chance ! râla son amie en décochant à Sabrina un regard étincelant de fureur.

Le trajet s'effectua en silence, ponctué par les marmonnements de Roxie.

— Tiens ! C'est curieux, souligna-t-elle lorsqu'elles furent arrivées. Je n'avais jamais remarqué cette grande maison mauve.

Vite, trouver une parade !

— Euh... Avant, elle était cachée par les arbres et se fondait dans le paysage. On ne la voyait pas.

— Cachée par les arbres ? répéta Roxie, dubitative. Des arbres mauves ?

— Lavande, pour être exacte.

— La lavande n'est pas un arbre.

— C'est parce que... parce qu'on la coupe toujours en buisson, inventa Sabrina. Et comme elle attirait trop d'abeilles, les parents de Kurt ont décidé de l'abattre.

— Je ne me rappelle ni les arbres, ni cette maison à trois étages. Vu sa couleur, il faudrait être aveugle pour ne pas la remarquer !

— Cette maison a toujours existé, certifia Sabrina. Allez, viens, Kurt doit nous attendre !

Roxie fit volte-face. Ses yeux lançaient des éclairs.

— *Nous* ? articula-t-elle.

— Euh... puisque je suis là, autant le saluer, non ? Ce serait impoli de partir sans lui dire bonjour.

Roxie ferma les yeux et prit une grande inspiration.

— Très bien. Mais après, tu déguerpis, d'acc' ? Je t'en prie ! C'est très important, pour moi !

— Tu as ma parole, promit l'apprentie sorcière en croisant les doigts derrière son dos.

Roxie lissa son chemisier lilas.

— Comment tu me trouves ? demanda-t-elle à Sabrina.

— Super, ta coiffure ! répondit la jeune fille en riant.

13

Sabrina joue le pot de colle

Toc ! Toc !

Sabrina frappa avec précaution, de peur d'enfoncer la porte en plastique. Les jouets d'aujourd'hui n'avaient plus la solidité d'antan.

— Il n'a sûrement pas entendu, objecta Roxie en tendant la main vers la sonnette.

— Non ! N'y touch...

Trop tard. L'air du jingle pub pour Betsy retentit.

— Trop funky, la sonnette ! s'exclama Roxie.

Heureusement, elle n'avait pas reconnu l'air. Kurt vint ouvrir la porte, toujours le même sourire placardé sur son visage.

— Allons faire un tour à la plage ! annonça-t-il en guise de bienvenue.

— On ne se débarrasse pas de moi aussi facilement ! rétorqua Roxie. (Elle l'écarta et pénétra dans la salle à manger.) Waouh ! La classe ! Tu as fait appel à M. Propre, ou quoi ? Tout est impeccable !

— Il a passé la journée à briquer la maison, intervint Sabrina.

— J'adore le mauve ! s'exclama Kurt.

Roxie sourit en lissant de nouveau son chemisier lilas.

— Allons faire la fête ! proposa le mannequin.

Sabrina s'affala sur le canapé et adressa un sourire lumineux à son amie.

— Ne t'assieds pas, tu as une course à faire ! lui ordonna Roxie en désignant la porte de la tête.

— Je vais nous chercher une pizza ! suggéra Kurt.

— Pourquoi ne pas plutôt commander un dîner ? demanda Roxie. (Elle se tourna vers Sabrina.) Un dîner *pour deux*.

L'apprentie sorcière fit l'innocente et dégaina son portable.

— Chez *Pizz'Ail Mollo*, les noix de Saint-Jacques à la persillade sont délicieuses, affirma-t-elle en pianotant sur son clavier.

— Halloween est terminé, protesta Roxie. Je n'ai pas besoin de faire fuir les vampires.

— Bonjour, je voudrais une Saint-Jacques géante, s'il vous plaît... Oui, avec supplément de persillade et d'anchois...

Les mâchoires vissées, Roxie lança à Sabrina un regard noir.

— Tu veux la moitié de mon soda ? proposa Kurt.

— ... et trois grands sodas, ajouta Sabrina avant de donner l'adresse et de raccrocher.

Roxie se blottit contre le garçon, sur le canapé.

— Alors, Kurt, tu as grandi ici ? s'enquit-elle.

— Oui, répondit Sabrina.

— Je ne t'ai pas sonnée, la rabroua Roxie. Dis-moi, Kurt, reprit-elle à grand renfort de regards langoureux, tu vis seul ou avec tes parents ?

— Betsy est ma préférée ! s'enthousiasma le jeune homme.

Verte de rage, Roxie parvint à articuler :

— Qu'est-ce que tu as dit ?

Cette phrase-là n'était pas sortie du répertoire de Kurt depuis un bout de temps. Sabrina devait trouver une solution ! Vite, avant que Kurt ne brise le cœur de sa colocataire et ne la dégoûte de l'amour à tout jamais.

— Betsy... est la sœur de Kurt, se hâta d'expliquer l'apprentie sorcière. C'est elle qui a convaincu ses parents de permettre à Kurt de rester ici, quand ils ont déménagé... euh... en Floride.

— Je croyais que Betsy était le prénom de son ex, accusa Roxie d'un air dubitatif.

— Aussi. Drôle de coïncidence, non ? répliqua Sabrina.

— Mouais.

— Tu veux danser ? demanda Kurt.

— Si tu en as envie, répondit Roxie. Ne bouge pas, je vais mettre un CD.

Mauvaise idée ! Qu'allait penser Roxie quand elle découvrirait que Kurt ne possédait qu'un seul CD ?

— Et si on jouait plutôt aux charades ? suggéra Sabrina.

La jeune fille commença à mimer *Toy Story*, lorsque la sonnette retentit.

— Ah ! Voilà la pizza ! s'exclama Roxie. Tu peux aller la chercher, Kurt ? Sabrina, suis-moi dans la cuisine. Il faut que je te parle.

Elle empoigna son amie par la manche et l'attira dans la pièce voisine.

— À quoi tu joues ? l'agressa Roxie en fermant la porte. Tu avais promis que tu ficherais le camp !

— Euh... je pensais que vous aviez envie de jouer aux charades, risqua Sabrina.

— Tu trouves qu'on a l'air de s'éclater ?

— Pas vraiment, fut forcée d'admettre l'apprentie sorcière.

— Tu sais que Kurt n'a même pas essayé de m'embrasser ? se plaignit Roxie.

— Ses lèvres ne sont pas conçues pour ça.

— Quoi ?

— Euh... Ne t'inquiète pas, il le fera, se rattrapa Sabrina.

— Pas si tu restes dans les parages.

— Mais...

Sabrina fut interrompue par des cris venus de la salle à manger :

— Écoute, *lover boy*, tu as le choix : soit tu me paies en espèces sonnantes et trébuchantes, soit je rembarque la pizza. C'est pas compliqué à comprendre, ça. Si ?

Les deux filles se ruèrent dans la salle à manger.

— Qui veut jouer au tennis ? demanda Kurt.

— Tu vas voir si j'ai envie de jouer au tennis ! vociféra le livreur de pizzas.

Sabrina s'interposa aussitôt.

— Il y a un problème, monsieur ? s'enquit-elle.

— Un problème ? Ah, ça, oui ! Ce petit rigolo veut me payer avec des billets de Monopoly !

Il agita sous le nez de Sabrina une liasse de billets mauves. Sur chacun des bouts de papier était imprimée la photo lavande de Kurt ou de Betsy.

— Ah ! Ah ! Ah ! Kurt, tu devrais garder tes bonnes blagues pour le 1er avril ! s'écria Sabrina.

— Je suis mort de rire, aboya le livreur en fourrant dans sa poche le vrai billet de vingt dollars que lui tendait Sabrina.

— Gardez la monnaie, ajouta l'apprentie sorcière pour freiner les instincts belliqueux du garçon de course.

Elle coula un regard à Roxie qui, sidérée, examinait les faux billets.

Kurt prit la pizza et Sabrina tenta de fermer la porte, mais Roxie fut plus rapide.

— Oh ? Tu dois filer ? Dommaaage ! Bon, à plus !

Blam ! La porte d'entrée mauve se referma en faisant voler les mèches blondes de Sabrina.

14

Salem fait banqueroute !

« Génial ! Vingt dollars en moins dans mon porte-monnaie ! songea Sabrina. Et je n'ai même pas eu droit à un bout de pizza ! »

Quand elle avait le cafard, elle noyait son chagrin dans un grand bol de crème glacée. Le seul congélateur de la ville toujours plein était celui de ses tantes.

— Tante Hilda ? Tante Zelda ? appela-t-elle en pénétrant dans la maison. Vous êtes rentrées ?

Une cascade de sanglots hystériques provenant de la cuisine lui répondit.

La jeune fille se précipita sur les lieux du drame mystérieux, mais fut stoppée net dans son élan : trois bacs à glace presque vides reposaient sur le comptoir. Salem, le museau parsemé de petits morceaux de biscuits, de pistaches et de chocolat, se tenait au beau milieu des bacs.

— Wouiiiin ! pleura-t-il en plongeant la tête dans celui de la glace à la pistache.

— Tu pourrais au moins te servir d'une cuillère, soupira Sabrina en se dirigeant vers le congélateur.

Le chat leva une patte.

— Explique-moi comment tenir une cuillère avec des coussinets ! répliqua-t-il d'un ton mordant.

— Ouh là ! Toi, tu t'es levé du mauvais côté de ta litière, ce matin, commenta Sabrina.

— Primo : je ne dors jamais dans ma litière ; secundo : j'ai des raisons d'être de mauvais poil : je suis sur la paille.

— Bienvenue au club, répliqua l'apprentie sorcière en engloutissant une cuillerée de glace aux griottes. Eh ! Minute, papillon ! Je croyais que la Cat-attitude était une poule aux œufs d'or !

— Jette donc un œil au journal, lâcha

126

Salem en poussant vers elle le quotidien du bout de la patte.

Sabrina baissa les yeux et lut les gros titres. Une photo de Harvey et de ses disciples assis dans un arbre comportait la légende :

LA CAT-ATTITUDE FAIT UN FLOP !

La jeune fille prit le journal et lut l'article à haute voix :

— « *La ligne d'urgence des pompiers a été saturée d'appels de plusieurs adolescents qui ont suivi les conseils prodigués par maître Yochat, le nabab instigateur de la "Cat-attitude".*

Le commissaire Stephen Jeffries s'est exprimé en ces termes :

"Les équipes d'intervention étaient si occupées à venir en aide à ces jeunes gens perchés qu'elles se sont retrouvées à court de véhicules lorsque s'est déclaré l'incendie de ce matin. Fort heureusement, aucun blessé n'est à déplorer, mais cet engouement pour la Cat-attitude met nos concitoyens en danger."

Les pompiers ont annoncé qu'ils attaqueraient en justice les concepteurs de la Cat-attitude s'ils ne mettaient pas immédiatement un terme à la vente de leurs produits. »

— Stop ! geignit le chat en se bouchant les oreilles avec ses pattes. Cesse cette torture !

Sabrina reposa le journal et coula un regard compatissant vers Salem.

— Je présume que cela signifie le déclin de ton empire.

— Tu l'as dit, bouffi !

— Au moins, tu auras gagné plusieurs milliers de dollars grâce aux cassettes déjà vendues.

Le félin fit la moue, ses grands yeux jaunes larmoyant.

— Je n'ai pas l'âme d'une fourmi, plaida-t-il. J'ai tout claqué en bêtises provenant de chez *C&A* [*Citrouilles & Alchimie*], et j'ai réinvesti ce qu'il restait dans la fabrication d'autres cassettes. J'aurais mieux fait de jeter mes dollars dans une benne à ordures !

Sabrina poussa un soupir.

— Qu'est-ce que je t'avais d...

— Je remarque que je ne suis pas le seul à déprimer en vidant le garde-manger, l'interrompit le matou. Alors épargne-moi tes sarcasmes.

L'apprentie sorcière engloutit une autre cuillère de crème glacée avant d'expliquer :

— Tu penses être ruiné ? Moi, je suis fauchée comme les blés ! J'ai vidé mon compte en banque à force d'acheter des vêtements pour Kurt, une voiture pour Kurt, une maison pour...

— Qu'est-ce que je t'avais dit ? renchérit Salem avec un sourire mauvais.

— Ma situation est dix fois pire que la tienne ! rétorqua Sabrina en essuyant la glace qui lui coulait sur le menton. Toi, tu peux arrêter la production de cassettes, et tout rentrera dans l'ordre. Je ne vois pas d'issue, en ce qui concerne Roxie et Kurt.

— Qu'est-ce qu'elle peut bien lui trouver ? railla le chat. Il n'a rien dans le citron... au sens littéral du terme. Ne t'en fais pas : elle finira bien par se lasser.

— Oui, mais *quand* ? geignit Sabrina.

— Roxie est une fille intelligente. Tôt ou tard, elle découvrira la vérité.

— Et elle se rendra compte que Kurt est une poupée mannequin ? J'espère que non !

— Meuuuh non ! meugla le félin en levant les yeux au ciel. Elle réalisera qu'il ne vaut pas le coup. Alors, il ne représentera plus rien à ses yeux...

— ... et Kurt redeviendra une poupée en plastique de vingt-cinq centimètres de haut, compléta la jeune fille avec un sourire plein d'espoir. Merci, Salem !

Sabrina se précipita vers la porte d'un pas vif.

— Pas si vite ! miaula le matou. Je suis à court de glace à la pistache !

Affalée dans le canapé de sa maison d'étudiante, Sabrina tentait de digérer le litre de crème glacée qu'elle venait d'ingurgiter.

Soudain, on frappa à la porte.

— Entrez ! cria la jeune fille, incapable de faire un geste.

Harvey pénétra dans le salon, en jeans et T-shirt. Il avait rasé sa moustache. Sabrina lui sourit.

— Salut, Harvey ! Désolée, pour la Cat-attitude.

— Les meilleures choses ont une fin, répliqua le garçon avec sagesse. De toute façon, c'est tuant, la célébrité. Il faut se coltiner une foule d'admirateurs, et on n'a jamais le droit d'être de mauvaise humeur.

— La Cat-attitude n'était pas aussi géniale, en fin de compte ? insinua Sabrina.

— Hormis la leçon sur l'ascension des arbres, l'idée avait du bon, reconnut Harvey. J'ai appris à avoir confiance en moi, et j'ai réalisé que je n'avais pas besoin de Morgan pour être populaire. Cerise sur le gâteau, je mange plus équilibré. Le poisson, c'est bourré de phosphore. Excellent pour la santé et la mémoire.

« Mais pas pour l'haleine », songea Sabrina en proposant un Kiss Cool menthe à son ami.

— Merci, répondit-il en suçotant la pastille rafraîchissante. J'ai aussi appris à rester *clean* : plus de T-shirts tachés, ni de jeans troués.

— Félicitations ! le complimenta Sabrina.

À cet instant, Roxie franchit le seuil et pénétra dans le salon.

— Alors ? Et ce rencard ? s'enquit l'apprentie sorcière, un peu tendue.

— Pas mal, maugréa sa colocataire en se dirigeant vers le congélateur.

Elle déchira l'emballage d'un cône au chocolat, s'assit sur une chaise et se mit à lécher la glace. Sabrina vira au verdâtre.

— Que s'est-il passé ? voulut savoir la jeune fille en tentant de faire taire les gargouillis de son estomac.

— Rien, justement, répondit Roxie. Ah ! Si !... On a mangé la pizza.

— C'est tout ? Pas de baiser ? demanda Sabrina.

— Je vous laisse discuter entre filles ! À plus ! décida Harvey.

Le jeune homme se leva et quitta la maison.

— Alors ? insista Sabrina, une fois celui-ci parti.

— J'ai essayé d'engager la conversation avec Kurt, mais tout ce qu'il me proposait, c'était de jouer au tennis ou d'aller à la plage.

— C'est un grand sportif, expliqua Sabrina.

— En entrant chez lui, j'ai commencé à voir les choses sous un autre angle... commença Roxie.

Sabrina se redressa, l'œil brillant. Se pouvait-il que Salem eût raison, pour une fois ?

— Il est tellement... matérialiste, poursuivit Roxie. Personne n'a besoin d'un monospace *et* d'un cabriolet ! Et je sais bien qu'il adore le mauve, mais à la longue cette couleur me donne envie de vomir.

« Mince ! pensa Sabrina. Dire que ce monospace m'a coûté cinquante dollars ! »

— Kurt n'a d'yeux que pour toi, affirma-t-elle.

— D'accord, mais combien de fois l'as-tu entendu vanter ma coiffure ? Sans vouloir te vexer, je trouve ce garçon superficiel.

— Je ne suis pas vexée, sourit Sabrina. Tu as donc rompu avec lui ?

— Je n'ai pas pu, confessa Roxie. C'était au-dessus de mes forces.

— Tu veux un coup de main ? proposa l'apprentie sorcière, avec un peu trop d'empressement.

Le visage de son amie s'éclaira.

— Tu ferais ça pour moi ? Ce serait génial ! Je n'ai pas envie de le froisser, ce garçon.

Sabrina enfila son manteau en cinq sec et ouvrit la porte.

— Ne crains rien, déclara-t-elle. Kurt ne se formalisera pas le moins du monde !

15

Rien à faire !

Pofff !

Sabrina avait tellement hâte de rendre à Kurt sa taille d'origine qu'elle se téléporta dans le jardin de ses tantes, sur le seuil de la maison mauve.

Pile à côté de Zelda.

Oups !

— Fascinante, l'architecture de cette demeure, grinça la sorcière. Début du XXIᵉ siècle, n'est-ce pas ? J'apprécie particulièrement la couleur de la façade. Ça calme les nerfs...

— Je peux tout expliquer... commença Sabrina.

— Oh ! Je n'en doute pas, répliqua tante

Zelda. Mais c'est inutile. Je parie que ç'a un rapport avec la poupée vivante qui t'accompagnait l'autre jour ?

Très bien. Opération « passage de pommade ». Ça marchait à tous les coups.

— Merci de ta compréhension. Tu es trop sympa. Je serais perdue, sans toi.

— Cette maison doit disparaître de ma vue, répliqua Zelda. On n'a pas obtenu de permis de construire pour l'abri de jardin, alors pour une demeure de trois étages en plastique mauve, tu parles !

— J'y travaille ! Je vais pouvoir me débarrasser de Kurt : Roxie veut le laisser tomber.

— Vraiment ? interrogea Zelda en haussant un sourcil.

La tante de Sabrina paraissait sceptique.

« Tout va baigner dans l'huile ! » se rassura la jeune fille.

Elle ouvrit la porte d'entrée de la maison de Kurt. Le mannequin était assis sur le canapé et écoutait en boucle son jingle préféré :

« *Au pied des belles montagnes bien en-neigées,*

Betsy et Kurt roulent en beau ca-bri-o-let,
Les skis sur le toit et les après-skis-aux-pieds,
Dans la douce poudreuse ils vont ba-ti-fo-
ler ! »

Sabrina grimaça en songeant au nombre de parents qui s'étaient ruinés après que leur fille eut entendu ce quatrain.

— Fini de jouer, Kurt, ordonna-t-elle en arrêtant le lecteur CD.

— Super, ta coiffure ! s'exclama-t-il.

Sabrina pointa l'index vers le jeune homme et chantonna :

Roxie s'est lassée de tes vannes,
Il te faut rétrécir, beau blond,
Il faut arrêter de faire l'âne
À plus, Kurt ! C'est pour de bon !

Le nuage de fumée se dissipa. Enfin, cette histoire arrivait à son terme ! Sabrina sourit d'un air triomphant.

— Betsy est ma préférée ! clama Kurt, toujours assis sur le lit.

Et toujours aussi grand.

— TANTE ZELDA ! hurla Sabrina.

— Inutile de mugir, je suis là, répondit la sorcière.

La jeune fille fit volte-face : sa tante l'observait sur le seuil, un sourire en coin.

— Il n'a pas rétréci ! se lamenta Sabrina.

— Vu.

— Mais Roxie n'est plus amoureuse de lui. Il aurait dû rétrécir !

— Erreur ! répliqua Zelda. Kurt, lui, est toujours amoureux d'elle.

— Glup ! Tu... tu veux dire qu'il va falloir que je trouve le moyen de le faire rompre, lui aussi ? bafouilla Sabrina. Pourtant, Salem m'avait assurée qu'une fois que Roxie laisserait tomber Kurt, je pourrais le renvoyer dans sa vitrine de jouets !

— Qui préfères-tu croire : un chat mégalo, ou une sorcière au Q.I. supérieur à la moyenne ?

— Toi, bien sûr, répondit Sabrina.

— Alors écoute : il va te falloir convaincre Kurt que sa vie actuelle est un véritable cauchemar. Et par la même occasion, fais-moi disparaître cette maison de poupée géante. Sa couleur me donne des boutons !

— J'adore le mauve ! commenta Kurt.

Lorsque Sabrina rentra chez elle, flanquée de Kurt, Roxie crut qu'elle rêvait.

— Tu avais pourtant accepté de résoudre mon petit problème ! lança-t-elle à sa colocataire.

— Qui veut jouer au tennis ? demanda Kurt.

— Pitié ! fit Roxie.

— Je peux te parler, Rox ? demanda Sabrina en s'esquivant dans la cuisine. Reste ici, Kurt.

— Je passe te prendre en voiture ! répondit le mannequin.

Roxie emboîta le pas à son amie.

— Nous avons un léger problème, annonça Sabrina. Kurt est toujours fou de toi. Il ne veut pas rompre.

— Qu'a-t-il répondu quand tu lui as expliqué que cela ne pourrait pas coller entre nous ?

— D'après toi ? Il m'a proposé d'aller faire un tour à la plage !

— Tu m'en diras tant ! s'exclama Roxie, proche de l'exaspération.

— Il va falloir que tu arrives à te faire

haïr, déclara l'apprentie sorcière. Par tous les moyens.

— Je n'ai pas envie d'être méchante avec lui !

— Si tu veux t'en débarrasser, il ne faut pas hésiter à employer les grands moyens, affirma Sabrina. Montre-toi mesquine, cruelle et égoïste. Je ne sais pas, moi ! Prends exemple sur Morgan !

Roxie haussa les sourcils, surprise.

— Je croyais que Kurt était ton ami, objecta-t-elle. Pourquoi vouloir le blesser ?

— Tu m'as mal comprise, ce n'est pas mon intention, répliqua Sabrina, dont les neurones fonctionnaient à toute allure. Mais tu ne crois pas que, si tu fais durer le plaisir, ce sera encore plus mesquin ?

— Un point pour toi, concéda Roxie. J'espère seulement que ça va marcher. Ce garçon est raide dingue de moi.

— Aussi raide que dingue, ajouta Sabrina avec un sourire.

Elle prit un soda dans le réfrigérateur, grimpa dans sa chambre et ferma la porte. Ici, elle serait à l'abri des retombées, lorsque la bombe exploserait.

Roxie s'assit sur une chaise et planta son regard dans les yeux inexpressifs de Kurt.

— Écoute, je crois qu'on n'est pas sur la même longueur d'ondes. Il serait préférable qu'on ne se voie plus.

— Allons faire un tour à la plage ! répondit le garçon.

La jeune fille pinça les lèvres et avança la mâchoire inférieure, signe qu'elle était *vraiment* agacée. Elle se leva et se dirigea vers la cuisine.

— Tu veux la moitié de mon soda ? s'enquit Kurt.

— Non, je ne veux ni soda, ni pizza, ni faire un tour en voiture. Pigé ? aboya-t-elle.

— Qui veut jouer au tennis ?

« Là, j'ai ma dose ! » songea Roxie. Toute la sympathie qu'elle éprouvait pour lui s'évanouit pour faire place à un mélange de rage et de frustration.

— Comment ai-je pu en pincer pour toi ? soupira-t-elle. Tu as la cervelle aussi vide que le désert de Gobi !

— J'adore le mauve !

— Allô ? Pluton, ici la Terre ! railla

Roxie en frappant légèrement le crâne de Kurt.

La tête du jeune homme émit un son creux.

— Allons faire la fête ! s'exclama-t-il.

— Ni fête, ni voiture mauve, ni danse ! s'écria Roxie. Et gare à toi si tu mentionnes à nouveau cette Betsy !

— Super, ta coiffure ! se réjouit Kurt.

— J'HALLUCIIIIINE !!!

Roxie s'enfuit dans sa chambre et claqua la porte derrière elle.

— Mission accomplie ? s'enquit Sabrina en ramassant les papiers que le courant d'air avait fait s'envoler.

— À ton avis ? grogna Roxie. Il adore toujours ma coiffure.

Sabrina se décomposa.

— Qu'est-ce que je vais faire ? pleurni-cha-t-elle.

— Il me semble que ce problème me concerne davantage, objecta son amie, furieuse.

Sabrina s'assit sur son lit.

— Oui, mais c'est moi qui t'ai présenté Kurt. Je me sens responsable.

Roxie se radoucit.

— J'apprécie le fait que tu aies voulu m'aider. J'ai adoré être adulée par un garçon. Mais pas par celui-ci. (Elle s'interrompit un moment.) Sais-tu pourquoi son ex a rompu avec lui ? Se comportait-il ainsi, avec elle ?

— Betsy n'a pas vraiment romp... Roxie, tu es géniale ! s'exclama soudain Sabrina en claquant des doigts.

Elle se rua vers la porte.

— Eh ! Où cours-tu comme ça ?

— Au centre commercial ! répondit Sabrina, folle de joie.

16

L'amour triomphe toujours !

— Allez, allez ! On se dépêche ! s'impatientait Sabrina en tirant Kurt par la main. Le magasin de jouets va fermer d'une minute à l'autre !

— Tu veux danser ? demanda le mannequin au corps d'athlète.

Sabrina ne répondit pas. Lorsque, haletante, elle arriva devant la vitrine, la vendeuse était en train de baisser le rideau métallique.

— Désolée. On ferme, annonça-t-elle.

— S'il vous plaît ! supplia Sabrina. Je n'en ai que pour un instant.

La vendeuse détailla de bas en haut la plastique superbe de Kurt.

— D'accord, vous pouvez y aller. À condition que votre ami reste avec moi.

— Super, ta coiffure ! la complimenta le jeune homme.

Sabrina laissa la vendeuse, rouge de plaisir, se dépatouiller avec le mannequin et elle se précipita jusqu'au rayon des poupées Betsy. Elle s'empara d'une petite boîte mauve, se hâta vers la caisse et posa un billet sur le tapis roulant.

— Encore vous ? caqueta la caissière. Je me mêle peut-être de ce qui ne me regarde pas, mais vous n'avez pas passé l'âge de jouer à la poupée ?

— Vous avez parfaitement raison ! répliqua Sabrina en empoignant son paquet et en courant vers la sortie.

— ... moi aussi, j'adooore le mauve ! roucoulait la vendeuse. C'est une couleur qui va très bien aux blonds...

— Je vais nous chercher une pizza ! annonça Kurt.

— La pizza attendra, intervint Sabrina en le saisissant par le bras. Allons chez mes tantes. J'ai une méga-surprise pour toi !

— Bonjour à toi aussi, Sabrina ! s'exclama Hilda lorsque sa nièce s'engouffra comme une furie dans le salon et grimpa l'escalier ventre à terre.

— Salut, tante Hilda ! cria la jeune fille, déjà en haut des marches.

Hilda éteignit la télé et suivit Sabrina à l'étage. Lorsqu'elle aperçut Kurt, elle crut tomber à la renverse.

— Eh bien ! Bonjour, mon cher. Je m'appelle Hilda. Je suis la tante de Sabrina, mais tout le monde me prend pour sa sœur aînée.

— Tu veux danser ? demanda Kurt.

— Pourquoi pas ?

Hilda se mit à chalouper de l'arrière-train dans le couloir.

— Arrête ça tout de suite ! lui intima sa nièce.

— C'est pourtant la dernière danse à la mode ! se récria Hilda.

Zelda grimpa à son tour au premier.

— Dis donc, ça ne te dérangerait pas d'arrêter de piétiner le plancher comme un éléphant ? demanda-t-elle à sa sœur. J'essaie de travailler, *moi*.

— Je ne piétine pas, je danse, protesta Hilda. Avec ce charmant garçon.

Zelda se tourna vers Kurt, mi-étonnée, mi-fâchée.

— Encore lui ? accusa-t-elle. Je croyais que le problème était réglé, Sabrina.

— C'est le cas, répliqua la jeune fille en agitant sous le nez de Zelda le sac provenant du magasin de jouets. La solution se trouve là-dedans.

— Alors qu'est-ce qui t'empêche de passer à l'action ?

— Tante Hilda, répliqua Sabrina.

— Tu n'as pas compris que Kurt était un mannequin ? demanda Zelda à sa sœur.

— Bien sûr que si. Et c'est pour ça que je danse avec lui. Les mannequins ne se trouvent pas sous les sabots d'un cheval.

— Je veux dire qu'il s'agit d'une *vraie* poupée mannequin, insista Zelda. Une poupée à qui Sabrina a insufflé la vie. Pour venir en aide à son amie Roxie. De toute façon, ce garçon est trop jeune pour toi.

— Allez viens, Kurt, intervint Sabrina.

L'apprentie sorcière entraîna le garçon

dans son ancienne chambre, laissant ses tantes se crêper le chignon.

Sabrina déballa son achat : une poupée Betsy au sourire enjôleur.

Soudain, Salem, qui dormait sur l'appui de fenêtre, ouvrit un œil.

— Encore une poupée ? ronchonna-t-il. Pour qui est-elle, celle-là ? Pour Harvey ?

Sabrina décida d'ignorer le matou. Elle fixa Kurt droit dans les yeux et lui tendit la poupée.

— C'est pour toi, déclara-t-elle avec un sourire.

Kurt prit la poupée avec précaution et lui caressa doucement les cheveux.

— Betsy est ma préférée, souffla-t-il. Super, ta coiffure !

— Elle t'a manqué, n'est-ce pas ? demanda Sabrina.

— J'adore le mauve, murmura-t-il. Betsy est ma préférée.

— Tu voudrais ne plus jamais la quitter ? Tu voudrais rester avec Betsy pour toujours ? s'enquit Sabrina.

— Betsy est ma préférée, avoua Kurt.

— Alors c'est parti ! s'exclama Sabrina en pointant un index vers lui.

Betsy et Kurt sont amoureux,
Roxie n'aime plus ce garçon,
Hop ! Rétrécis, Kurt-aux-beaux-yeux
Et redeviens mannequin blond.

Pofff ! Un éclair illumina la pièce envahie d'un nuage de fumée. Lorsqu'il se dissipa, Kurt avait retrouvé sa taille d'origine. Betsy et lui se tenaient côte à côte. Ils mesuraient tous deux vingt-cinq centimètres de haut.

Zelda entrouvrit la porte et jeta un œil dans la pièce.

— Quel est ce raffut ? voulut-elle savoir. Ah ! Tu as réussi ! constata-t-elle en apercevant les poupées sur le lit. Bravo, Sabrina !

— Une fois encore, l'amour a triomphé ! annonça fièrement la jeune fille.

— Mais de quoi parles-tu ? demanda Hilda. Où est passé Kurt ?

— Il a rejoint Betsy, répondit Sabrina. C'est là qu'était sa place.

— Très astucieux, commenta Zelda.

— Auriez-vous toutes les deux fondu un fusible ? interrogea Hilda.

— Betsy était le premier amour de Kurt, expliqua Sabrina. Lorsqu'il l'a tenue dans ses bras, il a aussitôt oublié Roxie. Et j'ai pu lui rendre sa taille d'origine !

— Ta nièce en a, là-dedans ! affirma Zelda à Hilda en se tapotant la tempe.

— Elle tient cela de moi, bien sûr ! se vanta Hilda en se rengorgeant. Mais dis-moi, Sabrina : que vas-tu faire de tous ces vêtements de poupée et de cette affreuse maison violette ?

Sabrina balaya la chambre du regard. La maison, qui avait elle aussi rétréci, reposait sur le sol, entourée de dizaines de tenues mauves.

— Je vais les offrir au foyer d'accueil du centre-ville, dit l'apprentie sorcière. Les petites filles seront ravies de jouer avec Betsy et Kurt-la-poupée-parlante.

D'un bond, Salem quitta son appui de fenêtre. Lorsqu'il atterrit, sa patte effleura le bouton dans le dos de Kurt.

— Qui veut jouer au tennis ? demanda la poupée.

17

Souvenir, souvenir...

Morgan enfila son cardigan bleu ciel. Elle posa la main sur la poignée de la porte d'entrée.

— À plus, les filles ! pépia-t-elle. Ne m'attendez pas !

— Que nous vaut cet accès de bonne humeur ? interrogea Sabrina.

— Maintenant que la Cat-attitude est tombée dans l'oubli, tout est redevenu normal, soupira Morgan. Ma cote a remonté, et Harvey a repris sa place de célibataire *has been*.

— Et tu en es fière ? l'agressa Roxie.

Morgan haussa les épaules, releva le menton et partit en claquant la porte.

— Calme-toi, Roxie, souffla Sabrina.

— Elle ne perd rien pour attendre ! grogna son amie. Je te signale qu'une fois encore on se retrouve en plan un samedi soir, alors qu'elle parade auprès de sa cour d'admirateurs !

— Tu veux que j'aille chercher Kurt ? la taquina Sabrina.

— Non, merci, qu'il reste à l'autre bout du monde ! Loin des yeux, loin du cœur, pas vrai ?

Il ne restait plus à Sabrina qu'à inventer un mensonge pour expliquer la disparition de la gigantesque maison mauve.

Roxie se leva et enfila sa veste en cuir.

— Tu es sûre que tu ne veux pas m'accompagner à cette réunion ? demanda-t-elle.

— Je n'ai pas la tête à sauver les calmars en voie d'extinction, répondit l'apprentie sorcière.

— J'ai des scrupules à te laisser ici toute seule, confessa Roxie.

— Pas de problème. Une vieille amie va venir me rejoindre, rit Sabrina.

— Ah bon ? Qui ça ?... Ne réponds pas,

se rattrapa Roxie. Tes « vieux amis » m'ont créé assez de soucis.

— Amuse-toi bien !

Dès que la porte se fut refermée, Sabrina grimpa dans la chambre qu'elle partageait avec Roxie, s'agenouilla et regarda sous son lit. Elle trouva quelques chaussettes couvertes de poussière, un jeans qu'elle avait oublié de laver et un paquet de céréales à moitié vide.

Enfin, triomphante, elle extirpa de sa cachette une petite valise. *Une petite valise en plastique mauve.*

Sabrina s'assit sur son lit, son trésor serré contre elle. Elle ouvrit la valise et sortit sa vieille poupée « Betsy fait du ski ». Elle avait volontiers cédé les poupées neuves et tous leurs accessoires aux enfants du foyer d'accueil, mais elle n'avait pu se résoudre à leur donner *sa* Betsy.

Elle ouvrit un compartiment secret de la valise, prit un minuscule peigne mauve et se mit à coiffer les cheveux de la poupée.

— Betsy est ma préférée ! murmura Sabrina en soupirant de bonheur.

Sabrina

l'apprentie sorcière

Dans la collection

Et si tu aimes les chevaux, découvre aussi :

Heartland

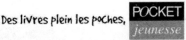
Des livres plein les poches, POCKET *jeunesse* des histoires plein la tête

RETROUVE
TES héROS PréféRÉS
et GAGNe
des cadeaux SUR

WWW.POCKETJEUNESSE.fr

Jump